「なんで俺の部屋にいるのかな」
「だって、今日からここが
わたしの家になるんだもの」

銀色のストレートロングの髪に、
青い瞳をした少女の名前は、
水琴玲衣だった。
水琴さんはその澄みきった青色の瞳で、
俺をのぞき込んでいる。

秋原晴人
HARUTO AKIHARA
幼馴染に振られ傷心中の高校生。
生活スキルが高く、
一緒に住むことになった玲衣の
世話をつい焼いてしまう。
水琴玲衣
REI MIKOTO
「氷の女神」とあだ名される
孤高な学校一の美少女。
良家の令嬢だが、
複雑な家庭事情を抱えており、
他人を信頼できなくなっている。

桜井悠希乃
YUKINO SAKURAI
夏帆の親友。
晴人と夏帆の仲を応援している。
佐々木夏帆
KAHO SASAKI
晴人の幼馴染の少女。
晴人に告白されるも振ってしまうが、
そこにはとある事情があり――

「それにね……わたし、
男嫌いだけど、
秋原くんのこと、
そんなに嫌いじゃない」
「それは……なんというか、
その、ありがとう」
水琴さんはくすっと笑った。
銀色の髪が軽く揺れる。
思わず、俺は水琴さんに見とれた。

クールな女神様と一緒に住んだら、
甘やかしすぎて
ポンコツにしてしまった件について１

軽井　広

HJ文庫
1027

口絵・本文イラスト　黒兎ゆう

CONTENTS

Karui Hiroshi
Presents
Illust. by Kuroto yuu

第一話　幼馴染に振られた　005
第二話　女神様との同居生活　023
第三話　女神様を助け出す　062
第四話　女神vs幼馴染　091
第五話　女神様は十六等分の妹　137
第六話　女神様と女友達は、晴人をめぐって修羅場になる　168
第七話　女神様と恋人のフリ　209
第八話　女神様の妹は認めない　243
第九話　二人とのキス　270
番外編　わたしの居場所　305

第一話　幼馴染に振られた　chapter.1

人間、些細なことを含めて、いろいろと思い通りにならないことが多いものだ。

ただ、だからといって諦めてはいけない。

期待しすぎずに、でも何とかしようとすることが肝心だ。

これは父が俺に残してくれた言葉だ。

念のために言っておくと、べつに父さんは死んだわけじゃない。

はるか遠く北海道の釧路市に単身赴任に行くときに、父さんはそういう教訓を垂れてくれたのだ。

そういうわけで、高校生の俺は地方都市の安いアパートで一人暮らしをしていて、郵便受けには「秋原晴人」という俺の名前が書かれている。

父さんの言うとおり、困ったことがあっても、俺はとりあえず何とかしてきた。

無理して進学校に入って落ちこぼれてしまったけれど、何とか赤点だけは回避している。

両思いだと思っていた幼馴染に告白して、振られたときはだいぶヘコんだ。けど、その幼馴染とはどうにか仲の良い友達に戻ることに成功した。

だから、現在進行中の面倒事にも、俺は適切に対処できるはずだ。

たとえそれが、ちょっと癖の強い女の子と共同生活を送れ、というものであっても。

☆

俺の通っている高校は、ＪＲの駅からバスで十分ほどかかる場所にある。

校舎の裏手には大きな川の河川敷があって、有名な学園ドラマのロケ地みたいな雰囲気を出していた。

それほど目立った特徴はない公立高校だけれど、それなりに進学校で偏差値も高いから、俺は入試でけっこう苦労した。

なんで俺がこの高校を選んだか、といえば、まったく不純な動機だった。

幼馴染の女子と一緒の学校に通いたい、という理由だ。

俺の幼馴染の佐々木夏帆は、ひいき目を抜きにしても、かなり可愛いと思う。

ショートカットのさっぱりとした髪型は、明るく活動的な夏帆の性格にぴったりで、大きなくりっとした夏帆の瞳はいつも楽しそうに輝いていた。

俺は夏帆のことが好きだった。

そして、中学三年生の春に、夏帆から「一緒の高校に行こうよ」と言われて、俺もその気になった。

夏帆はけっこう優等生で、一方の俺は中の上といった成績だった。

だから、成績的には厳しいラインだったけれど、夏帆に教えてもらいながら、猛勉強のおかげで高校には合格した。

ここまでは良かった。

すべて順風満帆。

夏帆は俺に優しかったし、高校に入ってからは同じクラスになれて、よく一緒に下校した。

帰り道には駅近くの映画館に行ったり、夏帆のお気に入りの喫茶店に寄ってケーキを食べたりもしていた。

幼馴染で家も近所だから、互いの家を行き来して、夜ご飯を作ったりするのも日課だった。

といっても、夏帆はあまり家事が得意でなく、いつも料理を作るのは俺の役目だった。

「晴人の料理ってほんとおいしいよね」と言うのが、夏帆の口癖で、その後に夏帆はいつも綺麗に微笑んだ。

俺は、夏帆も俺のことを好きだと信じて疑わなかった。

ほとんど夏帆とは付き合っているみたいなものだけれど、そろそろ俺の方からちゃんと告白しないといけないな、などとそのときは思っていた。

今から思えば、俺は本当に間抜けだった。

高校一年生の六月、俺は夏帆に告白して、あっさりと振られた。

☆

高校に入学して八ヶ月も経てば、だんだん周りのクラスメイトの性格もわかってくる。

人気者もいれば、嫌われ者もいる。騒がしいやつもいれば、物静かなやつもいる。

勉強が得意で周りに頼りにされたり、野球部で一年からエースになったりして大活躍しているやつもいる。

じゃあ、俺はどうか。

なにもない。

言ってしまえば、俺は無色透明な存在だ。

目立つほどのことを何もしていない。

これといった特技も披露できない。

特に人気者というほどではないけれど、クラスに友人はそこそこいるし、平均的な人付き合いをしていると思う。

十二月の昼休み、俺は寒さに震えながら、そんなことを考えた。

今日は特に寒い。

部屋に二台設置されているストーブは、それぞれ派手な女子たちが周りを取り囲んで占拠している。

俺はまったくストーブの恩恵に預かれていなかった。

そんななか、ストーブから遠く離れた教室の片隅で、まったく動じずに本を読んでいる少女がいた。

俺はちらりとその女子生徒を見た。

水琴玲衣。

それが彼女の名前だ。

けれど、水琴さんには、もう一つ、有名なあだ名がある。

水琴玲衣の通称は「氷の女神」だ。

水琴さんが「女神」と呼ばれているのには二つの理由があった。

第一に、端的に言えば、水琴玲衣は完全無欠の美少女である。

水琴さんのストレートのロングヘアは美しい銀色に輝いている。

彼女は、北欧系の血が入っているそうで、西洋人形のような愛らしい顔立ちをしている。けれど、青色に輝く瞳が少し冷たい印象を与えた。

水琴さんを学校一の美少女として推す声も多い。

おまけにかなりの進学校であるうちの高校でも、トップクラスの成績を誇っている。

それ以外の面でも、欠点らしい欠点が見つけられないのだ。

だから、多くの男子と一部の女子が、尊敬と憧れの念をこめて水琴さんを「氷の女神」と呼んでいる。

水琴さんが女神と呼ばれるもう一つの理由は、近寄りがたく、冷たい印象があるということだった。

休み時間はいつも本を読んでいるし、話しかければ返事が返ってくるけれど、どこか素っ気ない。

目立った友人もいないし、人を避けているみたいな感じだ。

俺を含め、クラスメイトたちはみんな気後れしてしまって、水琴さんとあまり話したことはなかった。

そうした近寄りがたさのせいで、みんなが水琴さんを敬して遠ざけている。

だから、まるで冷たい態度の神様だということで、少なくない女子生徒が皮肉っぽく「氷の女神」と水琴さんを呼んでいる。

どちらにしても、俺にとって、水琴さんが遠い存在であることに変わりはなかった。

「ね、晴人？　なに見てるの？」

明るく綺麗な声がして、俺は後ろを振り返った。

クラスメイトである佐々木夏帆が、俺の後ろの机の上に座っていた。

夏帆はセーラー服のスカートから白い足をのぞかせて、ぶらぶらさせている。

くすりと夏帆が微笑むと、短い綺麗な髪がふわりと揺れた。

夏帆は俺の幼馴染で、そして、半年前に俺を振った相手だ。

夏帆に告白して「あたしは晴人のこと、そういう対象として見れないよ」と言われたときは大ショックだった。

あまりに小さい頃から一緒にいすぎて、姉弟のようにしか思えない。

そう夏帆は言った。

俺はその週末の土日二日間、失恋のダメージでずっと寝込んでいた。

けれど、本当に困ったのはその後だ。

夏帆は気まずく感じたようで、俺のことを避けるようになった。

気持ちはわかる。

たしかに自分が振った相手と、以前と同じように接するのは難しいだろう。

それがずっと一緒に過ごしてきた幼馴染だったら、なおのことだ。

けれど、俺はただの友達でもいいから夏帆と一緒にいたかったし、夏帆に避けられるのも傷ついた。

実は夏帆が俺のことを話したくもないぐらい嫌いなのでは、とも疑った。

それなら、関係の修復は諦めざるをえない。

けれど、夏帆の友達の女子にリサーチに協力してもらった結果、べつに夏帆は俺のことを嫌っているというわけではないということがわかった。

純粋（じゅんすい）に恋愛対象（れんあいたいしょう）として見れないという話であって、それで俺に告白されて、単に気まずくなって避けた。

そういうことだったらしい。

それなら、少なくとも元通りの関係に戻れる可能性はある。

それから俺は頑張（がんば）って、夏帆との関係を「幼馴染で仲の良い友だち」に戻そうとした。

綿密なリサーチ、細やかな配慮、夏帆の友達の全面的なバックアップという涙ぐましい努力のすえ、教室で気軽に話しかけてもらえるぐらいには関係を直すことができた。

我ながら頑張ったと思う。

偉い！　俺！

努力の結果が、元通り未満の関係になっただけというところが切ないけれど。

ただの友達でも夏帆のそばにいれば、もしかしたらもう一度、チャンスがあるかもしれない。

そんなふうにちょっとは期待したし、実際に夏帆の友達も「そうだよ」とうなずいて応援してくれた。

でも、俺はわかっている。

たぶん、告白する直前の、高校一年生の六月よりも、夏帆と親密になれる日は来ない。

ともかく、目の前にいるのは、今の夏帆だ。

何を見ていたのか、と夏帆に聞かれて、俺は正直に「水琴さんを見ていたんだよ」と答えた。

もし夏帆が俺のことを好きなら、そんなことを言えば機嫌を悪くしただろうし、ヤキモチを焼いてくれたかもしれない。

でも、そんな心配はない。

夏帆は俺と付き合っているわけでもなんでもないんだから。

「水琴さんを見てたの？　なんで？」

夏帆は不思議そうに首をかしげた。

こういう細かい仕草も夏帆は可愛いなあ、と一瞬思い、その後、邪念を振り払った。

べつに水琴さんを見ていたことに大した理由があるわけじゃない。

「いや、水琴さんってさ、さっきの時間は保健室にいたよね？」

「うん？」

「昼休み明けの移動教室の場所が変更になったって、知っているのかなあって思って」

「そっか。水琴さんは知らないかも」

「なら、教えてあげないと」

「晴人は優しいよね」

夏帆は柔らかく微笑んだ。

べつに俺はそんなに優しくはないし、同じ女子の夏帆が伝えに行ったほうがいいんじゃないかな。

そう俺が言うと、夏帆は大げさに両手で自分の肩を抱き、震えてみせた。

怖い、という意味のジェスチャーだろう。

呆れる俺に夏帆が頬を膨らませて言う。

「だって水琴さんって怖いんだもん」

「美人だし何でもできる優等生だけどね」

「だからこそ、あたしは水琴さんのことが怖いの」

「水琴さんって男子と話すときのほうがあたりが強いというか、厳しいらしいけど」

俺は控え目にそう主張して、夏帆に行ってくれない?と頼んでみた。

けれど、夏帆は両手を合わせて俺を拝み、片目をつぶってウィンクした。

「神様、仏様、晴人様。あたしの代わりに水琴さんに話しかけに行って！」

「なにそれ？」

「おまじない？」

「神様って呼ばれてるのは、俺じゃなくて水琴さんのほうじゃないかな」

俺は女神と呼ばれる水琴玲衣を見た。

美しい水琴さんは何をしても似合うというが本当だった。

ただ座っているだけでも、綺麗な絵画の一コマのように見える。

要するにあまりに完璧すぎて、俺も水琴さんに話しかけづらい。

けれど、他に水琴さんに移動教室のことを伝えていそうなやつもいない。

俺は仕方なく椅子から腰を上げ、水琴さんの席へと向かった。

水琴さんに移動教室変更のことを伝えるために、俺はのろのろと教室の椅子と椅子のあいだを歩いていった。

水琴さんの席は窓際かつ一番うしろ。

なんて羨ましいんだろう。

背後に誰もいないから、とても落ち着くんじゃないかと思う。

でも、この季節だと換気のときは寒いし、ストーブからも遠いから、良いことばかりじゃないかもしれない。

俺が席の位置なんてどうでもいいことを考えていたのは、現実逃避だ。

つまり、水琴さんに話しかけたくないということだ。

クラスメイトに話しかけること程度、大したことじゃないと思うかもしれない。

でも、俺はどちらかといえばシャイな性格だし、相手はあまり話したことのない美少女なのだ。

まあ、怖いのは最初の一言で、話し始めてしまえば次第に慣れてくることも多いけど。

しかし、絶対に話しかけるな、みたいなオーラを水琴さんがまとっているような気もする。

俺が水琴さんの前に立っても、水琴さんは顔も上げなかった。

目を机の上に落として、なにか本を読んでいる。

「水琴さん。悪いけど、ちょっといいかな」

俺が声をかけても反応なし。

もう一度、試(ため)してみる。

「水琴さん。……水琴さん？　……水琴玲衣さん！」

俺がやや強めの語調でフルネームを口にすると、ようやく水琴さんはこちらを見上げた。

けだるげな表情で、水琴さんが青い瞳でこちらを見つめていた。

思わず、どきりとする。

さすが我らが学校の女神様。

そんなだるそうな表情ですら、水琴さんは美しく見える。

水琴さんが学校一の美少女だと騒がれていることに改めて納得(なっとく)し、感心した。

まあ、俺は夏帆みたいな明るい可愛さのほうが好きだけれど。

俺の好みなんて、水琴さんにとっても夏帆にとってもどうでもいいことだろう。

「なに？」

短く、水琴さんが俺に問いかけた。

なんだか水琴さんの青い瞳の目元がとろんとしている。

水琴さん、実は眠いんじゃないだろうか。

俺は気になって、思わず聞いた。

「何を読んでるの？」

「本」

水琴さんが漢字一文字分で即答した。

本を読んでいるのは、見ればわかるんだけれど。

俺はもういっぺん感心した。

さすが「氷の女神」と呼ばれているだけのことはある。

対応が冷たい！

のぞき見するのは悪いかと思ったけれど、一瞬、水琴さんの手のなかの文庫本の表紙がめくれた。

へえ、と俺はつぶやいた。

「これ、面白いよね。『黒後家蜘蛛の会』」

水琴さんが読んでいたのは、古いミステリで、たまたま俺も読んだことのある小説だった。

こう見えて、俺はけっこうミステリ好きなのだ。

水琴さんがちょっと驚いたような、珍しいものを見るような目で俺を見た。

はじめて、水琴さんの感情が動いた瞬間だった。

そして、水琴さんは言った。

「わたしには、全然おもしろくない」

「ああ、そうなんだ。眠そうにしてるものね」

「そうね」

水琴さんは短くつぶやくと、また、つまらなそうな表情に戻った。

毒を喰らわば皿まで、という言葉もある。

俺は水琴さんのガードを崩すべく、ちょっと食い下がってみた。

「つまらないのにさ、なんでその本、読んでるの？」

「買ったのに読まないと損した気分になるから。それで、秋原くんだっけ？　何も用がないなら、自分の席に帰ったら？」

あっさり、水琴さんとの雑談は打ち切られた。

食い下がりは、失敗だ。

GAMEOVERのアルファベット八文字が頭のなかにちかちかと浮かび、消えた。

やっぱり最初から用件だけ伝えるべきだった。

俺は端的に水琴さんに言った。

「次の時間の移動教室、変更だって」

そして、俺は手短に詳細を伝えた。

水琴さんはうなずくと「ありがと」と小さく言った。

さすがにお礼ぐらいは言うらしい。

俺は丁重に「どういたしまして」と言うと、その場を去った。

いやあ、緊張した。

これが皆が怖れる水琴さんか。

べつにそれほど怖いわけじゃないけれど、素っ気ないことはたしかだ。

女子にはここまで冷淡な態度はとらないらしいから、男嫌いなのかもしれない。

席に戻ってきたときも、まだ夏帆は俺の後ろの机で足をぶらぶらさせていた。

「どうだった？」

夏帆が興味津々といった感じで俺を上目遣いに見て尋ねる。

俺は肩をすくめた。

「たしかに女神様って感じだね」

美しく冷ややかな氷の女神様。

それが俺の水琴玲衣に対する印象だった。

まあ、あと数ヶ月でクラスも替わるし、それまでに水琴さんに話しかけることも、たぶん、あまりないだろう。

水琴さんは、無色透明の俺とは遠くかけ離れた存在だ。

そのときの俺はまだそう思っていた。

その日の夜に、水琴さんが俺のアパートにやってくるなんて想像できなくて当然だ。

第二話　女神様との同居生活　chapter.2

「ふうん。意外と綺麗に片付いているんだ」

それが、その女の子の第一声だった。

その日の夜、寒さに震えながら、俺が築三十年のアパートの部屋に帰ってきて扉を開くと、玄関からすぐのダイニングキッチンにセーラー服の少女が立っていて、流し台をのぞき込んでいた。

俺は一人暮らしだし、彼女もいない。

以前は幼馴染の夏帆がこの部屋に頻繁に来てくれてたけど、告白に失敗した後、そういうことはまったくなくなった。

だから、女の子が部屋に立っているなんてことはありえない。

けど、俺はその少女を今日の昼間にも見ていた。

少女はクラスメイトの「氷の女神」だった。

完全無欠にして、学校一の美少女。

銀色のストレートロングの髪に、青い瞳をした少女の名前は、水琴玲衣（みことれい）だった。

なんで水琴さんが俺の部屋にいるのか。

そもそもこの部屋の鍵（かぎ）はどうやって開けたのか。

まったく心当たりはない。

「秋原（あきはら）くん、だよね？　なんでそんなふうに固まってるの？　靴（くつ）、脱（ぬ）いだら？」

自分の名前を呼ばれ、俺は我に返った。

水琴さんが澄（す）みきった青色の瞳で、俺をのぞき込んでいる。

俺は咳払（せきばら）いをした。

「水琴さんだよね。クラスメイトの。何が起こってるのか、よくわからないけど、たぶん、部屋を間違（まちが）えているよ」

「ここは三〇一号室で、秋原晴人（はると）くんの部屋でしょう？　間違えていないわ」

「なら、なんで俺の部屋にいるのかな」

「だって、今日からここがわたしの家になるんだもの」

当たり前のことのように、水琴さんは言った。

俺はもういっぺん固まった。

学校で「女神」なんて呼ばれていたりする有名人の同級生、水琴玲衣さんが俺のアパートに住むという。

まさか、この部屋に一緒に住むということじゃないと思う。

と、いうことは、だ。

俺はしばらく考えて、おそるおそる言った。

「もしかして、俺がこの部屋から追い出されるの？　家賃の滞納なんてしていないのに、立ち退けなんて、そんなのは借地借家法違反だ」

「追い出すなんて誰も言ってないわ」

「でも水琴さんはこの部屋に住むんだよね？」

「そうよ。仕方ないからここに住むの。わたしは、秋原くんの住んでいるこの部屋に住む必要があるの」

水琴さんは美しい顔に何の表情も浮かべず、当然のようにそう言った。

これからこの狭いアパートで、俺は学校の「女神」と共同生活を送ることになるという。

いろいろな意味でちょっと信じられない。

もしかして、これは何かのどっきり企画なのだろうか。

友達何人かが、実はアパートの押入れに隠れていて、冷やかしに登場するとか。

俺は押入れを勢いよく開けた。

そこには誰もいなかった。

どっきり企画ではないのかもしれない。

水琴さんが不思議そうな顔をする。

「なにしてるの？」

「いや、なんでもない……」

俺が答えると同時に、押入れからばさばさっと何冊かの本が崩れた。

しまった、と思い、俺は隠そうとしたが、それより早く水琴さんがひょこっとこちらをのぞき込んだ。

高校生の男子が押入れに隠すような本が、どういうものか。

水琴さんには想像できていなかったようだ。

表紙に水着のグラマラスな若い女性が載（の）っているのは、最近人気のグラビアアイドル、姫島（ひめしま）アイリの写真集。

こういうのはまあ、恥（は）ずかしいけど、まだいい。

問題は、左右に開いて中身が見えるようになってしまった一冊だ。

端的に言って、それはエロ本だった。

言い訳をすれば、これは俺のものじゃない。

友人の大木というやつに押し付けられたのだった。

けれど、水琴さんはそんなことは知らないし、まじまじとそれを眺め、それから軽蔑したようにつぶやいた。

「最低っ……」

俺は水琴さんに凍るような冷たい目で見られた。

たかだか十八禁の写真雑誌がある程度で、そんな非難するような目で見なくてもいいと思う。

俺はため息をついた。

「水琴さんって潔癖症？」

「わたし、ああいうのって大嫌いなの！　男ってみんなセックスしたいとかそういうことばっかり考えて、バカみたい！」

「水琴さんが男嫌いだっていうのはよくわかったけどさ。それを俺に言われても困るよ」

「最低っ、最低っ！　なんでわたしが男と一緒にこんな狭い部屋に住まないといけないわけ？　ホントに最悪っ」

女神様はご機嫌斜めのようだった。

水琴さんがここまで感情を露骨に出すところを見たのははじめてだ。

なにかこういう類のものを嫌うようになったきっかけがあったんだろうか。

それにしても、よくわからない。

少なくとも、水琴さんはこの家に住みたくて住むわけじゃないらしい。

噂では水琴さんは大企業の社長令嬢だともいうし、こんな安アパートに住む理由がなさそうだ。

俺は試しに言ってみた。

「なんだか知らないけどさ、そんなに嫌なら出ていけばいいよ。べつに俺は水琴さんにここにいてほしいわけじゃない」

ぴたっと水琴さんが動きを止めた。

どうしたんだろう?

水琴さんは端正な顔に困ったような表情を浮かべ、青い綺麗な瞳で上目遣いに俺を見た。

教室で見たときや、さっきまでと違って、水琴さんはとても気弱で、頼りなさそうに見えた。

水琴さんがささやくように言う。

「ごめんなさい。怒った?」

「べつに。でも、早くこの部屋から出ていってほしいな」

「それはできないの。だって、わたしはもう、他に行く場所がないんだもの」

水琴さんは消え入るような声でそう言い、俺を見つめた。

水琴さんはこの家しか行き場がないという。

どういうことだろう？

前に住んでいた家を追い出されたということなんだろうか？

そうだとしたら、理由は？

いろいろと疑問が浮かんだけれど、そのとき、水琴さんが可愛らしく小さなくしゃみをした。

この部屋は暖房のスイッチが入れられていなかった。

俺は帰ってきたばかりだし、水琴さんはリモコンの位置がわからなかったんだと思う。

壁にかけたデジタル式の室温計は3℃を示していて、部屋がかなり寒いことを表している。

しかも、水琴さんはセーラー服しか着ていない。

こんなに冷え込んでいる夜に、コートもマフラーもつけずにここまで歩いてきたみたいだ。

水琴さんが小刻みに震えているのを見て、俺は慌てて自分の黒いダウンコートを水琴さんに差し出した。

「とりあえず、これ着なよ。部屋のなかでコートってのも変だけど、部屋が暖かくなるまでのあいだは、着ないよりマシだからさ」

「……いらない」

「風邪ひくよ？　俺みたいな男が着たコートなんか嫌なのかもしれないけど、そこは我慢しようよ」

「そうじゃなくて、借りを作りたくないの」

水琴さんは震えながら、でもはっきりとした口調でそう言った。

借りを作りたくない、か。

別にコートを借りるぐらい、大したことではないと思うんだけれど。

どうして水琴さんは借りを作りたくない、なんて言うんだろう。

俺はちょっと考えてから言った。

「借りだなんてさ、思わなくていいよ。ここは俺の家だし、俺の目の前に寒さで震えている人がいると、俺自身の居心地が悪くて困るんだ」

「べつにあなたが困ってもわたしには関係ないもの。それに、わたし、全然寒くないし」

水琴さんは両手で肩を抱いて、かすれた声でそう言った。

寒くないわけがないと思う。

歯もガタガタと震えているし、さっきまでより顔色も悪くなってきている。

こんな状態でいたら、本当に凍え死んでしまうんじゃないだろうか。

俺は困惑して言った。

「頼むから受け取ってよ。これは俺からのお願いだから、むしろ俺が水琴さんに借りを作ると思ってくれればいい」

「でも……」

「あ、コートより毛布のほうがいいか。どっちがいい？」

水琴さんはちょっとためらった様子を見せて、それから小声で「両方」と言った。

俺はうなずくと、まず水琴さんにコートを押し付け、押入れのなかから毛布を取り出してそれも渡した。

食卓に座っておくように伝えると、水琴さんは小さくうなずき、椅子にちょこんと座っていた。

俺はテレビ台の下からエアコンのリモコンを取り出し、暖房をガンガンに効かせはじめた。

次に、食卓近くの冷蔵庫を開けて、中をのぞきこむ。

なにか温かい飲み物を水琴さんに飲ませてあげたい。

俺は水琴さんを振り返った。

「ココアとはちみつ入りホットミルクなら、どっちが飲みたい？　牛乳が嫌いならコーヒーとか淹れるけど」

「わ、わたし、そんなことまで秋原くんにしてもらうつもりはないわ」

「俺も寒いから飲むんだ。ただのついでだよ。それに、客に飲み物を出すのは当然のことだからね」

俺は「ただのついで」というところを強調して、水琴さんの心理的抵抗を小さくしようと試みた。

本当は水琴さんのために用意するわけで、どちらかといえば俺のほうがついでに飲むと言った感じなんだけれど。

そんなことを言えば、さっきみたいにまた「借りを作りたくない」と言い出しかねない。

氷の女神様は人の善意を受けとるのが苦手らしい。

ともかく、まだ水琴さんはこの家ではお客さんだ。

水琴さんはこの家に住むというけれど、決まったわけじゃない。

事情も何もわからないのだから。

水琴さんはうつむいて、「はちみつ入りホットミルク」と短く答え、俺は「了解」と答えた。

マグカップ二つに中身を注ぎ、電子レンジに入れて温める。

時間は一分。

このぐらいがやけどもせず、温かく飲めるちょうどいい時間だろう。

それから俺は風呂場に移動した。今日の朝に掃除はしてある。

やや熱めの温度に設定して、湯を張り始めた。

こっちはしばらく時間がかかるから放置。

俺がふたたび台所に戻ってくると、ちょうど電子レンジの温めが終わっていた。

「どうぞ」

と言って、俺はマグカップを水琴さんに差し出し、俺自身も食卓についた。

水琴さんはおそるおそるマグカップに口をつけた。

その様子を見て、一瞬、どきりとする。

水琴さんのみずみずしい唇が、俺の普段使っているマグカップに触れている。

なんだか水琴さんがミルクを飲む姿も妙に色っぽい。

やっぱり、女神様は何をやっても綺麗に見えるなあ、と思っていると、水琴さんはつぶやいた。

「おいしい」

「ただのホットミルクだよ」

「でも、さっきまですごく寒かったから、すごくおいしく感じる」

そう水琴さんは言ってから、はっとした表情で口に手を当てる。

やっぱり寒くないというのは大嘘だったわけだ。

けれど、そんなことを指摘すれば、また水琴さんが態度を固くしかねないだろうから、俺は何も言わなかった。

代わりに別のことを言う。

「湯船にお湯を張ってるからさ。それ飲み終わったころに準備できると思うから、入ってきなよ」

水琴さんは行く場所がないと言い、今日からこの部屋に住むと言った。

どこにも帰ることができないということなら、ここで風呂に入るしかない。

銭湯はかなり遠いし、それに行き帰りの道で身体を冷やしてしまう。

「でも……」

水琴さんはちょっと考え込んだようだった。

男の家で風呂に入るなんて水琴さんには抵抗感があるかもしれないけれど、本当にこのアパートに住むということであれば毎日ここの風呂を使うことになるはずだ。

「身体を温めるなら温かいお湯につかるのが一番！　水琴さんはそう思わない？」

「……そうね」

結局、水琴さんは素直にうなずいた。

その後、水琴さんは何かに気づいたようで、少し困ったような顔をした。

「秋原くん」

「なに？」

「着替えがないの」

水琴さんは防寒具を身に着けていなかっただけじゃなくて、何一つ荷物も持っていなかった。

本当にどうしたんだろう？

身一つで高校生の女の子が冬の夜に放り出されるなんて、普通じゃない。

「着替えぐらい貸すよ。その代わりにさ、どうして水琴さんが俺の家に住むなんてことになったのか、教えてくれない？」

「わたしと秋原くんは、はとこ同士なの。遠い親戚ってこと」

水琴さんはマグカップを机に置き、碧い瞳で俺を見つめて言った。

俺と水琴さんは「はとこ」らしい。

つまり、俺の祖父母の誰かと、水琴さんのおじいさんかおばあさんが兄弟ということだ。

そんなことは初耳だ。

俺がそう言うと、水琴さんもこくりとうなずいた。

「わたしも、今日の夜に初めて知ったわ」

「それはまたずいぶんと最近だね」

「だって、今日この家に行くときになって初めて教えられたんだもの。親戚の家だから、ここに住みなさいって言われたの」

震えがおさまってきたのか、水琴さんは落ち着いた綺麗な声で言った。

しかし、まったく経緯がわからない。

なんだかとても急な話だ。

たしかに、はとこなんて会う機会もないし、知らなくても当然なんだけれど、それなら水琴さんがどうしてそんな遠縁の親戚の家に来たのかがわからない。

そういえば、この家の鍵はどうしたんだろう？

水琴さんが鍵を持っていたわけはない。

なのに、俺が帰ってきたときにはすでに鍵が開いていた。

「秋原雨音さん、って人から鍵をもらったわ」

ああ、なるほど。

と一瞬、納得しかけて、おかしなことに気づいた。

このアパートの部屋の鍵を持っている人はたしかに俺以外にも三人いる。

一人目はもちろん、北海道釧路市に単身赴任中の俺の父さん。この部屋の借り主である。

二人目は、俺の幼馴染の佐々木夏帆だ。夏帆の持っているのは合鍵で、しかも最近ではほとんど使われていない。

そして、最後の一人が雨音姉さんだ。

雨音姉さんは俺の従姉で、女子大生。

従姉ではあるけれど、五年前に雨音姉さんが両親を失ってうちに引き取られた日から、俺と雨音姉さんは家族同然だった。

ずっと俺と父さんと雨音姉さんの三人は、このアパートで一緒に暮らしていたのだ。

当然、雨音姉さんはこの部屋の住人だから、鍵を持っている。

そういうわけで、父さんは単身赴任しても、なにかあったら雨音姉さんが俺のことを助けてくれると安心していたらしい。

しかし、重大な問題が一つ生じた。

その雨音姉さん自身がこの町からいなくなってしまったのだ。

雨音姉さんはこのアパートを離(はな)れて、今年の秋からアメリカのペンシルベニア大学に留学してしまった。

だから、雨音姉さんは日本にすらいない。

つまり、今日、水琴さんが雨音姉さんから鍵をもらえたはずがない。

俺がそう言うと、水琴さんは困ったような顔をして、スカートのポケットから銀色の鍵を取り出した。

白猫(しろねこ)のキャラクターキーホルダーがつけられたその鍵は、たしかに雨音姉さんが持っているはずの鍵だった。

「雨音さんから鍵をもらったのは本当なの。でも、もらったのはかなり前。今年の八月だったと思う」

「雨音姉さんが海外に行く直前だね」

たしかに雨音姉さんにこの部屋の鍵を留学中にどうするつもりかは確認(かくにん)しなかった。

雨音姉さんは家族だし、雨音姉さんの荷物だってまだここに置いてある。

だから、いつここに帰ってきてもいいように鍵は持っていてもらおう、と俺は考えていた。

その鍵がまさか縁もゆかりもない女の子の手に渡っていたなんて、知らなかった。

いや、まあ、クラスメイトで、はとこでもあるから、まったく縁がないわけでもないんだろうけれど。

それでも、鍵を渡すような仲じゃない。

俺は水琴さんに追加で質問した。

「水琴さんって雨音姉さんと知り合いなの？」

と聞いたあと、水琴さんがマグカップに口をつけてミルクを飲んでいるのを見て、俺は少し後悔した。

ちょっと立て続けに質問しすぎた。

あんなに寒そうにしていたんだから、質問よりも、さきに温かい飲み物を飲んでもらうほうが大事だ。

「ごめん。ゆっくり飲みながら、答えてくれればいいよ」

「……なんで謝るの？」

「質問攻めにしすぎたなって思って」

「ふうん」

水琴さんはちょっと変わったものを見るような目で俺を見た。

そして、ふたたびマグカップを机に置いた。

「雨音さんとは一回しか会ったことはないの。わたしが前に住んでいた家にいきなり現れて、遠縁の親戚だって名乗って、いきなりこの鍵を渡してくれた」

「まあ、雨音姉さんは行動が突飛というか、いろいろ予想できない人だけど、それにしてもよくわからないな。それで、その鍵のこと、なんて言ってた？」

「この鍵をくれたときに何も説明はなかったの。どこの鍵なのかもわからなかった。ただ、『幸運のお守りみたいなものだから、大事に持っておいてね』って。それだけで」

「なんで俺の家の鍵がお守りになるの？」

「わからない。わからないけど、今日どこにも行けなくなって困っていたら、雨音さんから電話がかかってきて、秋原くんの家に住むようにって」

水琴さんがマグカップに唇を触れさせたのを見て、俺は質問をいったん止めた。

そして、ホットミルクを飲みきったのを確認して、尋ねた。

「昨日まで住んでいた家はどうしたの？」

俺が尋ねると、水琴さんはびくりとし、毛布を引き寄せて小さく震えた。

氷の女神様はなにかに怯えている。

そして、水琴さんは俺を上目遣いに見て、首を横に振った。

水琴さんの綺麗な銀色の髪がふわりと揺れる。

「わたしはあの家には戻れない。……戻りたくないの」

女神様はもとの家に帰れないという。

本当だったら、俺はその事情を聞くべきなのかもしれない。

けれど、水琴さんはその綺麗な碧い目を伏せて、怯えたように震えている。

そんなつらそうな表情の子に、無神経に問いただすことはできない。

俺たちは遠い親戚というだけの、他人なんだから。

俺はなんて言葉をかけていいかわからず、一瞬、その場を沈黙が支配した。

そのとき、給湯器の自動湯張り完了の音が部屋に鳴り響いた。

風呂の湯の準備ができたらしい。

俺はほっとして、水琴さんに微笑みかけた。

「さきに風呂に入ってきなよ」

「でも、わたし……」

「事情の説明とかは後でいいからさ。ともかく身体を温めることが一番大事だよ。ああ、そうだ。着替えが必要だったっけ」

俺は押入れの上の方から、赤色のジャージ一式を取り出した。

それから、俺は水琴さんを振り返ってちらりと見た。

改めて見ると、水琴さんはスタイルもかなり良くて、背も女子としては高いほうだ。

それでもさすがに男の俺の服では、かなりだぶだぶになってしまうと思う。

まあ、仕方ない。

下着をどうするつもりなのかは知らないけれど、そんなことは当然、聞かない。

水琴さんはジャージを受け取ると、「ありがと」と小さく言い、それを見つめた。

「これって秋原くんの？」

「そのとおり。この部屋には俺の服と、あと父さんの古い服しかないからね。我慢してよ」

「洗ってある？」

「もちろん。俺はけっこう几帳面なんだよ」

水琴さんは部屋をくるっと見回し、そして、納得したようにうなずいた。

高校生の男一人で暮らしている部屋としては、かなり片付いているほうだと思う。

洗濯や料理だって手抜きはしていない。

湯船につかってもらう前に、一つだけ聞いておくことがあった。

「水琴さんさ、夜ご飯はもう食べた？」

「食べてない」

夜になってから、荷物をまったく持たずにここまでやってきたらしいから、たぶん夕食はまだだろうと思っていた。

財布すら持っているのか怪しいものだと思う。

そして、俺もまだ夕飯は食べていなかった。

俺は微笑した。

「食欲はある？」

「わたし？　お腹は空いてるけど、それがどうかしたの？」

「いや、なんでもないよ」

俺の言葉に、水琴さんは不思議そうな顔をしたが、やがてふらふらとした足取りで風呂場に消えていった。

俺は食卓の椅子に座った。

そして、ため息をついた。

いったいどうなっているんだろう？

今後はともかく、水琴さんが今日ここに泊まっていくことはほぼ確実だ。

けれど、それはいろいろな意味でまずいような気がした。

年頃の男女が同じ部屋に寝ることを勧める大人がいたら、俺はその良識を疑うと思う。

まあ、雨音姉さんのことなんだけど。

俺はスマートフォンを取り出して、すべての元凶である雨音姉さんの携帯に電話した。

アメリカにいる雨音姉さんにかけるわけだから国際電話になるけれど、料金プランの関係上、そんな大した金額にはならないはずだ。

問題は、時差を考えると向こうは早朝だということだ。

起きているかどうかが心配だけど、さっき水琴さんのところに雨音姉さんから電話があったらしい。

それなら、たぶん大丈夫だ。

ワンコールもしないうちに電話がつながった。

「Hello? This is Amane Akihara.」

綺麗な発音だった。

電話をかけて、こういう応答があると、雨音姉さんが留学しているんだなってことを実感する。

アメリカの、しかも名門大学に留学している雨音姉さんは、俺なんかと違ってものすごく優秀だった。

ただ、良識は欠けているかもしれないけれど。

「晴人です。秋原晴人。朝早くからごめん。もう起きてるんだね」

と俺が言うと、「ああ！」とはずんだ明るい声が返ってきた。

「久しぶり！　私は言葉にするまでもなく当然のように元気だけど、晴人君は元気してる？」

そんなに自分が元気なことを強調しなくてもよいのに、と俺は思って苦笑した。

でも、雨音姉さんと話していると、自分も少し元気になるような気がする。

俺は雨音姉さんの問いかけに答えた。

「おかげさまで元気だよ。それよりさ、俺の電話番号は登録してなかったの？」

「してるけど、誰からか確認せず応答ボタン押しちゃった」

「そこは確認しようよ……」

「そろそろ晴人君が電話してくるころだと思ってたよ」

電話の向こうで、にやりと雨音姉さんが笑みを浮かべる姿が想像できた。

この人はいつも変なことを考えて、なんでも自分の思い通りにしたがり、人の迷惑を考えずに好き勝手に行動する人だった。

でも、俺は雨音姉さんのそういう自由なところが嫌いじゃなかった。

「雨音姉さんさ、うちの鍵のことなんだけど、俺のクラスメイトに渡したんだって？」

「渡したよ。あなたとわたしのはとこの、水琴玲衣さんにね」

「なんでそんなことしたの？」

「だって、もったいないでしょ？」

「へ？」

「私が留学したら、その鍵、誰も使わずに余っちゃうじゃない。だったら、使うかもしれない人に渡しておいたほうが良いかなって」

「うちの鍵をそんな賞味期限切れ間近のプリンみたいな扱いをしないでよ……」

「いいでしょう？　私の家の鍵でもあるんだから」

「いまは俺しか住んでいないよ。だいたい、高校生の男女が二人きりで同じ家っていうのもまずいと思わない？」

「あ、いやらしいことを考えてるんだ？　でも、それを言ったら、私と晴人君だって、ちょっと前まで二人きりでその家に住んでたでしょ？」

まあ、たしかに父さんが単身赴任してから、俺と雨音姉さんはこの家に二人きりだった。

でも、それとこれとは問題が違う。

雨音姉さんが楽しげな弾んだ声で続ける。

「もしかして晴人君、私と二人きりでいるときも、エッチなことができるかもしれないって想像してたんだ？」

「してないよ！　だいたいこんなこと、父さんが聞いたらどう思うか……」

「心配しなくても、鍵を水琴さんに渡したことは叔父様もご存じだから」

俺は思わず電話を手から落としそうになった。

雨音姉さんによれば、雨音姉さんの叔父、つまり俺の父の了承済みらしい。

ますますわけがわからない。

雨音姉さんと違って、父さんは常識人のはずだ。

俺は雨音姉さんに尋ねた。

「水琴さんは前の家に住めなくなったらしい。だから、うちに住むっていってる。それも雨音姉さんの提案なんだって？」

「そのとおり。あの子は遠見の屋敷のお嬢様なの」

さらっと雨音姉さんは言った。

ああ、なるほど。

水琴さんが大企業の社長令嬢だって噂は聞いていたけど、ある程度は本当だったわけだ。

遠見家はこの地方都市で最も大きい企業グループのオーナー一族だった。

遠見グループは建設・通信・不動産・小売など多くの事業を手掛け、グループ連結で数千億もの売上高を誇る。

そして、遠見家は秋原家の本家筋にあたる家だった。

秋原家は江戸時代後半に遠見家から分かれた家だという。それに加えて、俺たちの祖父の妻、つまり祖母も遠見家の出身だった。

ただ、非常に残念なことに、秋原家は、遠見家と違って何の財産も持っていない。

だから、俺の父さんは普通の公務員だし、俺はこんな安いアパートに住んでいるわけだ。

いまどき本家や分家なんて言葉は死語になりつつあるし、俺自身、遠見家とは疎遠でほとんど足を運んだことはない。

それにしても変だ。

「名字が違うよ。水琴さんが遠見の家の人なら、どうして遠見姓じゃないのさ？」

「複雑な事情があるの。いまは説明できないけど」

俺はもういっぺんため息をついた。

「ただの親子喧嘩で家出したとかだったら、今からでも水琴さんを遠見の屋敷に送り届けてくるつもりだった。けど、そういうわけじゃないんだね？」

「普通の家出なんかじゃないわ。あの子は本当にお屋敷には戻れないの。だから、守ってあげなさい」

「水琴さんを守る？　俺が？」

「大丈夫。晴人君ならできるよ。あなたは優しいから」

そして、「忙しいから」と言って、雨音姉さんは電話を切った。

早朝から勉強しなければならないほど学業が大変なのはわかるけれど、こちらの事情も考えてほしい。

雨音姉さんは俺のことを「優しい」と言い、だから水琴さんを守れるのだと言った。

けれど、優しいことなんて何の役にも立たない。

夏帆は俺のことをいつも優しい人だと言ってくれていた。

けれど、それでも夏帆は俺を振った。

俺は父さんに電話をしたけれど、つながらない。

残業中なのかもしれない。

シャワーが流れる音がする。

水琴さんが身体を洗っているんだろう。

それを想像して赤面できるほどの余裕は、俺にはなかった。

遠見の屋敷、か。

中心市街地から西へ川を渡り、山のふもとにあるのが、遠見の屋敷だった。

川向こうの屋敷といえば、この町の住民なら、誰でも遠見家の屋敷のことを思い浮かべる。

小学生のときに、遠見の家を訪れたときのことを思い出す。

大きな古めかしい門の向こうには、純和風の大きな日本家屋と庭園が広がっていた。

大豪邸だったけれど、なんとなく暗く、沈み込むような雰囲気に覆われた屋敷だった。

俺はまとまらない考えを打ち切った。

お腹が減った。

帰ってきたらさっそく夕飯を食べるつもりだったのに、かなり時間が経ってしまった。

さて、簡単にだけれど、食事の用意をしよう。

もちろん、水琴さんの分も。

俺は台所に立ち、白色の冷蔵庫の扉を開けた。

大した料理を作るわけじゃないけど、いちおう必要な材料が揃っていることを確認する。

そして、たまねぎとハムを取り出して、それぞれをみじん切りにした。

同時に簡単なコンソメスープを作り始める。

ちょうどそのとき、水琴さんが風呂から上がってきた。

タオルで髪を拭きながらの登場だった。

水琴さんの綺麗な銀色の髪は、濡れたせいでいつもより輝いて見えた。

けっこう長く風呂につかっていたからだと思うけど、頬を上気させ、肌に赤みがさしている。

普段とは違う水琴さんの姿に、思わず俺はどきりとした。

しかし、水琴さんの色っぽい姿を台無しにしているのが、俺のジャージだった。

水琴さんが俺の赤色のジャージを着ると、やっぱりぶかぶかで、かなり奇妙な感じだ。

「なんでわたしを見てるの？」

水琴さんが鋭く言う。

たぶん警戒しているんだろう。

よく知りもしない男の家で寝るということ自体、水琴さんにとっては危険な行為のはずだ。

用心するのも当然だ。

俺は肩をすくめた。

「そのジャージさ、サイズは大丈夫？」

「もっと小さいのあるの？」

「残念ながら、まったくない」

「なら、わたしに聞く意味ないじゃない」

水琴さんが冷たく言う。

身体が温まって、調子が良くなってきたのか、水琴さんの雰囲気は教室にいるときと似た感じになってきた。

つまり、さっきまでの怯えた表情は消え、普段どおりの調子を取り戻したということだ。

それなら、それはそれで良いことだと思う。

「それにしても、けっこう長風呂（ながぶろ）だったね」

「女子の入浴なら、こんなものだと思うけれど」

そういうもんなんだろうか。

父さんや俺なら、一瞬で風呂はすませてしまうけれど、たしかに雨音姉さんはいつもけっこう長く風呂場にいた気がする。

「よく温まったところで水琴さんに聞きたいんだけどさ。食物アレルギーとかあったりする？　あと卵料理とかトマトとかは嫌いじゃない？」

水琴さんは首をかしげた。

何が言いたいのかわからないといった表情だった。

しかし、いちおう素直に質問に答えてくれた。

特に病気で食べられないものもないし、卵とトマトについても嫌いではない、と水琴さんは言ったのだ。

俺はうなずいた。

「了解、っと。じゃあ、オムライスを二人分作るよ」

「オムライス？　どうして？」

「ありあわせのもので作れそうで、ぱっと頭に思いついたのがオムライスだったから。べつのものがよかったら言ってよ」

これなら万人受けするし、温かい料理でもあるからだ。

しかし、水琴さんは首を横に振った。

「メニューの選択の理由じゃなくて、なんで二人分の料理を作るのかを聞いているの」

「それは水琴さんも食べるからだよ」

「わたし、食べるなんて一言も言ってない」

「さっき空腹だって言ってたよね？　食べたほうがいいと思うよ。どうせ俺は一人分作るのも二人分作るのも手間は変わらないし」

「でも、わたしは……」

「水琴さんは座って待っててよ」

俺は水琴さんの次の言葉を待たず、冷凍庫を開いて冷凍ご飯を取り出した。

ラップに包んで小分けした冷凍ご飯二つを、電子レンジに入れて温め始める。

飲まず食わずのまま水琴さんは過ごそうとし、俺は空腹の水琴さんの前で一人だけ食事をするというのは、俺の居心地がとても悪い。

なら、二人分を作ってしまったほうが気楽だ。

先にフライパンで具材を炒め始める。

入れるのはケチャップだけでもいいのだけれど、ちょっとだけ高級感ある味わいにするためにバターと料理酒も加えておいた。

途中で温めたご飯を投入し、調味料で味を整えればハムライスはできあがり。

並べた皿二つに盛っておく。

次はオムレツだ。

うまく半熟にするのがちょっとむずかしい。

俺は細心の注意を払って強火で加熱しながらかき混ぜた。

さいわい綺麗にできたので、それをハムライスにのっけて出来上がり。

付け合せのスープとともに、水琴さんの席の前にオムライスの皿を置き、俺も食卓についた。

水琴さんは困惑したように、俺を上目遣いに見た。

「これ、食べていいの？」

「もちろん。そのために作ったんだよ」

おそるおそる水琴さんはスプーンを使い、オムレツを崩して、ハムライスとともに口に運んだ。

その瞬間、水琴さんの表情が緩んだ。

たぶん、おいしい、と思ってくれているのだ。

まあ、失敗する危険の低い料理だけど、それでも口に合ったなら、ちょっとうれしい。

さすが遠見屋敷のお嬢様だけあってか、オムライスの食べ方すら品のある感じだったけれど、水琴さんはその食べ方であっという間に平らげてしまった。

俺はにこにこした。

「ご満足いただけたようでなにより」

「わたし、おいしいなんて言ってない」

「あれ、おいしくなかった？」

「……おいしかったけど」

水琴さんは複雑そうな表情をして言った。

性格的にお世辞を言いそうな感じではないし、食べていたときの雰囲気からしても、おいしいと思ってくれたことは本当なんだと思う。

けれど、それにしては水琴さんの表情は晴れない。

その後、ちょっとためらってから、水琴さんは小さな声で話しはじめた。

「秋原くんって変わってるよね」

「そう？」

「わたしだったら、わたしにこんなふうに親切にしない」

「俺、水琴さんに親切にしたっけ？」

「してると思う。寒そうにしてたら毛布を貸してくれて、温かい飲み物を入れてくれて、それにお風呂にお湯も用意してくれた。頼(たの)んでもいないのに、ご飯も作ってくれる。これが親切じゃなかったら、なんだっていうの？」

「べつに普通のことだと思うけどね」

「わたしが今まで住んできた家では、どこもこんな感じじゃなかったの」

「そうなんだ」

水琴さんの言い方からすると、遠見の屋敷だけでなく、複数の家を転々としてきたらしい。

普通に考えれば、大金持ちの遠見の家のお嬢様なら、そんな必要はないはずだ。

水琴さんはいったい何者なんだろう?

「ごちそうさま。ありがとう、秋原くん」

水琴さんは消え入るような小さな声でそう言った。

てっきりストレートに感謝されているものだと思い込んだ俺は、次の水琴さんの一言で期待を裏切られた。

「でも、わたしが秋原くんの親切にお礼を言うのは、これが最後。ごちそうさまっていうのも、これが最後だから」

水琴さんは何かを決意したように、俺にもう「ありがとう」とは言わないし、「ごちそうさま」とも言わないと宣言した。

どういう意味だろう?

俺が尋ねると、水琴さんはこう答えた。

「わたし、人に親切にしてもらうのが苦手なの」

「なんで?」

たぶん、聞き返したときの俺の顔にはクエスチョンマークがたくさん浮かんでいたはずだ。

この女神様は何を言い出すんだろう？

「人に借りを作りたくもないし、迷惑もかけたくないし。わたし、馴れ合いって苦手だから」

「馴れ合いって表現するとマイナスイメージだけどさ、助け合いとか友情とか言い方を選べばいいんじゃない？」

「同じことよ。人に助けられれば負い目を感じなければならなくなるし、特別な相手がいればその相手に気を使わなければならなくなる。そういうのって面倒だもの」

「面倒かもしれないけど、面倒に見合うだけの価値はあるかもよ」

と俺は言ったが、水琴さんは俺の言葉を否定した。

「秋原くんはそう考えるのかもしれないけど、わたしは違うの。だから、もう、わたしにかまったりなんかしなくていいし、ご飯を作ってくれたりなんてしなくていいから」

「あー、うん」

俺が微妙な表情をすると、水琴さんは目をそらし、顔を赤くして、小さな声で言う。

「今日、親切にしてくれたことには感謝してる。オムライス、とてもおいしかった。だけど、いいえ、だからこそ、明日からはわたしに優しくなんかしてくれなくていいってこと」

氷の女神の表情には、ほころびが生じていた。

水琴さんはしばらく間を置いて、言う。

「次に住む場所が決まったら、すぐに出ていくから安心して。なるべく迷惑をかけないようにするから」

そして、水琴さんは俺に寝具の場所を尋ねた。

雨音姉さんが住んでいたころ使ってた布団があるから、それが押入れにあるよと伝えると、水琴さんは自分で敷くと言った。

そして、奥の部屋へと歩いていった。

俺の住んでる三〇一号室はいちおう2ＤＫだが、手前の寝室と奥の寝室のあいだには、うすい障子戸しかなくて、どちらからも鍵はかけられない。

水琴さんが俺を振り返る。

「秋原くんなら言わなくてもわかってくれてると思うけど……」

「絶対に入らないから安心してよ。なにかしようとしたら殺してくれればいい」

俺は両手をあげてバンザイしてみせた。

冗談めかして降伏・無抵抗のポーズをしたのだけれど、水琴さんは笑わず、ただ「ありがと」と小さく言う。

俺はちょっと驚いて、まじまじと水琴さんを見つめた。「ありがとう」とはもう言わないと宣言したばかりなのに、自分で破ってしまっている。
水琴さんも俺の視線の意味に気づいたのか、顔を赤くした。
「い、今のはノーカウントだから！」
そして、水琴さんは奥の部屋に引っ込んでしまった。
残された俺は天井(てんじょう)を仰(あお)いで、そしてくしゃみをした。
俺も風呂(ふろ)に入ることにしよう。

第三話　女神様を助け出す

chapter.3

翌日の放課後の帰り道、俺はあくびを噛み殺していた。

なんだか昨日はあんまり眠れなかった。

一つ屋根の下で他人が寝ていると思うと、緊張して寝つけなかったのだ。

寝ている他人が学校の女神様だから、なおさらだ。

たぶん、水琴さんも質の高い睡眠はとれなかったんじゃないかと思う。

朝起きたら、水琴さんの姿はもうなかった。先に学校に行ったらしい。

まあ、同じ家から同じタイミングで学校に行けば、知り合いに会って面倒な誤解をされかねない。

結局、教室では一言も話さなかったし、帰り道も別々だ。

駅を出て、アパートへ向かう坂道を上っていると、強い風が吹き抜けた。

枯れ葉が舞い上がり、ホコリや塵とともに飛んでいく。

今日も寒いなあ。

俺はぶるりとした。

水琴さんにはコート貸すよ、と言ったのに、やっぱりコートなしで学校に行ったみたいだ。水琴さん、そろそろホントに風邪を引くと思うのだけど、大丈夫だろうか。

とかいろいろ考えながらぼんやりと歩いていたら、後ろからばしっと背中を叩かれた。

びっくりして振り返ると、そこに姉妹みたいな二人の女子高生がいて、くすくすっと笑っていた。二人とも、セーラー服の上に暖かそうなコートを羽織っている。

「晴人ってば、すぐ後ろを歩いていても、全然、あたしたちのことに気づかないんだもん。困っちゃった」

「ごめんね……アキくん……驚かせちゃって」

俺のことを「晴人」と呼んだショートカットの女の子は、幼馴染の佐々木夏帆だ。

大きな瞳を楽しそうに輝かせている。

もう一人、俺に「アキくん」というあだ名を使ったのは、夏帆の友達の桜井悠希乃だ。

かなり小柄で髪型はセミロング。

赤いアンダーリムのメガネが印象的な大人しい雰囲気の子だ。

ちなみに「アキくん」というのは「秋原」の「アキ」のこと。

悠希乃は夏帆の中学時代からの親友で、俺が振られた後、夏帆と仲直りするために協力してくれた。

悠希乃の協力なしには、夏帆と気軽に話せるような仲には戻れなかったと思う。

俺にとっても中学以来の友達だし、高校も一緒だ。

「夏帆とユキが一緒に帰ってるのって、なんか久々だね。どうしたの？」

と俺は言った。

ユキ、というのは悠希乃のあだ名で、ちょっとした出来事がきっかけで、ずっと俺は悠希乃のことをそう呼んでいる。

フッフッフッ、と夏帆がわざとらしく笑った。

なにか変なこと考えてるんだなあ、と思う。

「晴人ってさ、新しいゲーム買ったんでしょ、ほらいろんなキャラクターが戦う格闘ゲームだっけ？」

夏帆が言っているのは、俺が先週買った新発売のテレビゲームのことだと思う。

有名ゲームのキャラクターを操作して、自分のキャラクターで相手のキャラクターを場外に吹きとばせば勝ち。

大人数で遊ぶにはもってこいのゲームで、俺も友達の大木たちを家に呼んで遊ぶつもりだった。

一人暮らしの気楽さで、こういうときには俺の家はとても都合が良い。

そういえば、水琴さんがうちに泊まっているということは、当然、クラスメイトたちには秘密にしないといけない。

バレたら大騒ぎだし、何を言われるかわかったものじゃないからだ。

ということは、友人も気軽に呼べなくなるのでは？

ゲーム買った意味がないよ、と俺が愕然としていると、夏帆がとんでもないことを言い出した。

「ユキがさ、その格闘ゲームで遊びたいんだって」

「へ？」

俺がユキを見ると、ユキは頬を染めてこくんとうなずいた。

そういえば、ユキはゲーム好きだった。

でも、こないだ話したときに、ユキも同じゲームを買ったと言っていたような気がするけど。

「晴人とそのゲームで遊びたいんだよ、ユキは。あんまりそのゲームする女子っていないし、対戦相手がいないんだって」

「か、夏帆。そんなこと言わないでよ……」

「ね、いいでしょ、晴人？　あ、もちろん、あたしも一緒にやるからね！」

夏帆は明るい屈託のない笑顔でそう言う。

一方のユキは夏帆のセーラー服の袖を引っ張り、困ったような、恥ずかしそうな顔をした。

なるほど。

話は見えてきた。

つまり、二人はこれから俺の家に来て、ゲームで遊びたい、ということらしい。

普段だったら大歓迎だ。

特に夏帆は告白失敗以来、うちにほとんど来てくれなくなっていたのに、今日は自分から俺の部屋に来てくれると言ってくれている。

以前と同じように、また夏帆がうちに来てくれるのは、俺にとってはとても嬉しいことだった。

これもユキがゲームをしたいと言い出したおかげだし、ユキには感謝してもしきれない。

けれど。

二人が家に来ればどうなるか。

水琴さんとばったり出くわす可能性はかなり高い。

この二人は昔もたびたび俺の家に来ているけど、そういうときはわりと遅くまで居座ることが多かった気がする。

つまり、経験則からすれば、二人が帰る時間までに、水琴さんはうちにたぶん戻ってくる。

なんなら、もう家には水琴さんがいるかもしれない。

それはまずい。

俺は冬なのに汗が流れてくるのを感じた。

夏帆がぴょんと跳ねるように俺に近づき、くすりと笑う。

そして、俺を上目遣いに見つめた。

「晴人？　遊びに行っちゃダメ？」

そう尋ねられ、俺は困った。

夏帆とユキが俺の家に遊びに来るという。

けど、俺の家には、「女神様」と呼ばれるクラスメイトの女の子、水琴玲衣さんが泊まっている。

夏帆たち二人が来れば、水琴さんがうちにいることはバレる可能性がある。

いっそ二人に事情を説明しようかとも思ったけど、水琴さんが嫌がるかもしれない。

それに俺自身、水琴さんがうちに住むようになった経緯（けいい）をよくわかっていないのに、二人に話して理解してもらえるとは思えない。

なら、残念だけど、二人がうちに来ないようにするしかない。

俺が用事があると言い訳して、二人に断りの返事をしようとしたそのとき。

ユキが不思議そうな表情を浮かべ、つぶやいた。

「あれ……うちの学校の子、だよね？」

そう言って、ユキは道路（どうろ）脇（わき）の小道を指差した。

ユキの指先のかなり遠くに、細い路地がT字形に交差する場所がある。

あのあたりは築年数の古いアパートや雑居ビルの集まりで、一部は処分する人が見つからないまま、廃墟（はいきょ）になっている建物もあった。

そこにセーラー服姿の女子生徒が立っていた。

その制服は、たしかに俺たちの通う学校のものだった。

「あの子、水琴さん……だよね」

ユキのつぶやきのとおり、その女子生徒は水琴玲衣だった。

遠目からでも、水琴さんの銀色の流れるようなロングヘアはよく目立つ。

「アキくんたちと同じクラスなんだよね」

「よく知っているね」

「だって……有名だもん。氷の女神様、だっけ」

やはり学校一の美少女と騒がれているだけのことがあって、隣のクラスのユキをはじめ、水琴さんの名前は学校中に知れ渡っているらしい。

一瞬、水琴さんがこっちに来て、鉢合わせになるのではないかと思ったけれど、その心配はなさそうだった。

水琴さんは路地裏のさらに奥へと移動しようとしていたからだ。

なんでそんなところへ行くんだろうと思ったとき、俺は水琴さんの周りに数人の男がいることに気づいた。

他校の男子生徒だ。

紺色のブレザーを着た彼らは、いずれもけっこう体格が良く、迫力がありそうだった。

水琴さんは彼らに追い詰められるようにして、一歩ずつ後ろへと下がっていた。

遠目からではあるけれど、その表情には怯えが浮かんでいて、なにか男たちと口論になっているようでもあった。

男子生徒の一人が水琴さんの腕をつかみ、水琴さんは身体を震わせて、男を振り払おうとしていた。

「あれって、水琴さん、嫌がっていない？」

夏帆が心配そうに言う。

たしかに夏帆の言うとおりだ。

事情はよくわからないけれど、水琴さんはあの男子生徒たちとトラブルになっていて、路地裏に連れ込まれようとしている。

助けた方が良いかもしれない。

「ちょっと様子を見てくるよ」

と、俺が言うと、夏帆とユキは顔を見合わせ、それから、俺のことを心配そうに見つめた。

二人は、中学時代の俺がどんな感じだったかを知っているから、不安なのだと思う。

俺はへらりと笑った。

「大丈夫。そんなに危険なことはしないよ」

「晴人さ、喧嘩はダメだからね」

夏帆が真剣な表情で言う。

俺は肩をすくめた。

「わかってる。暴力は使わない。二人は先に帰っててよ。危ないし」

「え？　あ、待ってってば！　晴人！」
夏帆の声を背中に受けながら、俺は細い路地を走り出した。
同時に水琴さんの姿が奥の路地へと消えて、見えなくなる。
あの道は行き止まりで、ただボロボロの雑居ビルの廃墟があるだけのはずだ。
つまり、水琴さんもそこに連れ込まれた可能性は高い。
「まずいな」
俺は一人つぶやいた。
しばらく走ってようやく目的の建物に入る。
俺は気配を殺して建物の中を進んだ。
やがて、雑居ビルの一階のホールのような部分に出た。
内装はもうほとんど破壊されていて、何も残っていないのと同じだった。
けれど、幸い、金属製のロッカーの残骸のようなものがあって、その陰に隠れながら、
俺は様子をうかがった。
ホールの中央に水琴さんは立たされていた。
その周りをぐるりと三人の男子生徒が取り巻いている。
「こんなことしてどうするつもり？」

水琴さんはいつもどおり、強気な口調でいったが、その足は震えていた。

自分よりも遥かに背の高い男たちに連れ去られ、廃屋に閉じ込められた上で、囲まれたら、誰だって怖いはずだ。

三人の男子生徒のうち、中央に立っていた茶髪の男ががんと近くにあったドラム缶を蹴り、大きな音が鳴る。

その音に水琴さんがびくりと震えた。

「悪く思うなよ、遠見屋敷のご令嬢。あんたを少々痛めつけてくれ、と頼まれているんだ」

「誰に？」

「想像に任せるよ。それにしても、すごい美人だな。痛めつける方法は任されているが……」

茶髪の男はそう言うと、水琴さんの身体を舐め回すように、上から下まで見た。

そして、にやりと笑う。

水琴さんは後ずさり、両手で肩を抱いた。

その顔は青ざめ、今にも泣きそうになっていた。

そのとき、隠れていた俺と、水琴さんの目が合った。

水琴さんは碧色の瞳を大きく見開いた。

べつにヒーローを気取るつもりはないけど、こういう状況になって、水琴さんを助けないという選択肢はない。

ただ、喧嘩はしない、と夏帆に言ったのに、約束を破ることにはなってしまうな、とは思う。

男が水琴さんをつかもうと手を伸ばした瞬間、俺は飛び出した。

茶髪の高校生の男は下卑た笑いを浮かべ、水琴さんの胸を触ろうとした。

水琴さんは後ずさり逃げ出そうとしていた。

でも、背後には壁があり、すぐに行き止まりになってしまう。

水琴さんは迫る男の手を見て、首を横に振った。

そして、美しい顔を恐怖に歪め、両手で顔を覆った。

「嫌だ……こんなの、嫌。誰か……助けて！」

水琴さんが叫ぶのと同時に、男はさらに一歩、水琴さんのほうに踏み込んだ。

しかし、男の手は水琴さんに届かなかった。

「へ？」

男は間の抜けた声を上げると、その場に崩れ落ちた。

俺が足を軽く払ったら、あっさりと男は体勢を崩したのだ。

まったく警戒心が足りないな、と俺は思う。

残りの男子生徒二人はいきなり俺が現れたことに呆然としていたが、やがて片方の男が血相を変えて俺に殴りかかってきた。

でも、ただ力任せに手を振るっているだけだ。

俺はそれをかわして、その男の腹を蹴り上げた。

男はぐふっと声を上げて悶絶した。

悪いが、そちらから殴りかかってきたんだから、これぐらいは我慢してほしい。

最後の男も同じように殴りかかってきたので、その腕をつかんで投げ飛ばす。投げられた男は、最初に足を払った男の上に落ちて、二人仲良く行動不能になった。

さて、次にやることは一つ。

「逃げるよ、水琴さん」

水琴さんは何が起こったのかわからないという顔で呆然としていた。

男たちは怪我をしたわけじゃないし、すぐにまた行動できるようになる。

そのときはさっきみたいに油断しているわけじゃないし、三人まとめてかかってこられたら、困ったことになる。

水琴さんがまったく動く様子がなく、こちらに来ないので、仕方なく俺は水琴さんの手をとった。

温かい感触がする。

女の子の手を握る機会なんて、俺にはあまりない。

これが夏帆の手だったら、もっといいんだけれど。

水琴さんが顔を赤くしたが、そんなことを気にしている場合じゃない。

俺は水琴さんの手を引いて、走り出した。

廃墟を出て、細い路地に出る。

「表通りにさえ出れば安全だから、とりあえずそこを目指そう」

「……うん」

水琴さんは走りながら、小さく返事をした。

古いアパートと廃ビルだらけのエリアを走り抜ける。

まだ、男たちが追ってくる気配はない。

まあ、これなら楽勝で逃げられるだろうな、と俺は思っていた。

そのとき。

「きゃっ！」

水琴さんが可愛らしい悲鳴を上げて転んだ。

アスファルトの地面に勢いよく転倒した水琴さんは「痛い……」と言い、涙目になっていた。

俺は慌てて腰をかがめ、水琴さんに声をかけた。

「大丈夫？　ごめん、急ぎすぎたかな」

「秋原くんが謝ることじゃないと思う。でも……」

水琴さんは立ち上がろうとすると、「……っ」と短く痛みにうめいた。

足をひねっているみたいだ。

かなり痛むみたいで、一歩も歩けなそうだった。

「秋原くん、先に行っていいから」

「先に行くって、このまま水琴さんを置いていくわけにはいかないよ。またあいつらに捕まってしまう」

「わたし、秋原くんに助けてほしいなんて言ってない」

「さっき廃墟で『助けて』って叫んでたよね？」

「あれは、その……。ともかく！　秋原くんだけでも逃げたほうがいいと思うの」

俺は肩をすくめた。

そう言われて逃げるぐらいなら、最初から助けに入っていない。

俺は腰をかがめ、水琴さんに背中を向けた。

「……なに？」

水琴さんの不思議そうな声が背後からかけられる。

俺はその姿勢のまま答えた。

「背負っていくから、つかまってよ」

「おんぶしてくれるの？」

俺はくすりと笑った。

「なにかおかしい？」

「おんぶって、水琴さんも可愛らしい言葉を使うんだなって思って」

「普通の言い方でしょ」

水琴さんがちょっと恥ずかしそうに言った。

微笑ましくて、俺はつい頬を緩めたけど、先を急がないといけない。

俺が水琴さんを急かすと、ちょっとためらったみたいだけれど、結局、水琴さんは俺の背中に抱きついた。

水琴さんの柔らかい部分が、俺の身体に押し当てられる。

俺は思わず赤面しそうになり、邪念を振り払った。

今は逃げることが先決だ。

俺は水琴さんを背負うと、ふたたび走り始めた。

けど、水琴さんにも俺の考えたことが伝わっていたのか、背中から照れたような小さな声が聞こえた。

「秋原くん……変なこと、考えていない？」

「考えてないよ」

「嘘(うそ)つき。どうせ、わたしの胸が柔らかいな、とかそんな事考えているくせに」

たしかにセーラー服ごしから感じる水琴さんの胸はかなりの質感があるような気もする。

比較対象(ひかくたいしょう)がないからわからないんだけど。

水琴さんは俺の耳元でささやいた。

「でも、今だけ、秋原くんには変なことを考えるのを許してあげる」

「ありがとう。家につくまで、我慢してよ」

そんなことを話しながら、俺は路地の交差する場所で右折と左折を繰(く)り返した。

こうしていれば、連中をまくことができるかもしれない。

ここは俺の地元だから、俺のほうが詳(くわ)しい。

そして、路地が歪んで通っていて物陰(ものかげ)に隠れやすい場所が出てきた。

俺はそこで立ち止まり、いったん水琴さんをおろした。

「ここでいったん奴らをやり過ごそう」

「わかった。それにしても、秋原くんってけっこう力が強いのね。わたしを楽々背負って走れてしまうし」

「まあ、男だからね。それに水琴さん、かなり軽いから」

「そう?」

「そう」

「それにしても、さっきの男たちを簡単に倒したのも驚いちゃった」

「まあ、昔、いろいろあって慣れているんだよ」

水琴さんがちょっと俺を見直したという目で見つめてくるので、俺はむずがゆかった。

喧嘩に強いなんて、何の自慢にもならない。

しばらくして、俺は水琴さんをふたたび背負った。

今度は水琴さんは抵抗もためらいもせず、俺の背中に身体を預けた。

俺と水琴さんは表通りに出た後、しばらく歩いてようやくアパートの部屋にたどりついた。

セーラー服の女の子を背負って歩くのは、俺にとっても水琴さんにとってもだいぶ恥ず

かしかったけれど、仕方ない。

俺は台所を見て、ほっと安堵のため息をついた。

これで水琴さんを襲っていた連中から逃げることには成功したわけだ。

「悪いけど、水琴さんが昨日寝ていたほうの部屋に入るよ」

「べつに何もないから平気」

水琴さんの返事を確認して、障子戸を引き、奥の寝室へと入った。

いったん水琴さんを部屋のなかにゆっくりと下ろす。

そのとき、スマホが震えた。

見ると、夏帆から電話がかかってきたみたいだった。

そういえば、夏帆に連絡するのを忘れていた。

俺が慌てて電話に出ると、夏帆のよく通る声が、俺の耳に大音量で響いた。

「は、る、と！　何度も電話したんだよ！」

「ご、ごめん」

「あたしたち、ずっと待ってたのに」

話を聞くと、夏帆とユキの二人は俺のことを待っててくれたらしい。

でも、俺は水琴さんを襲った連中をまくために、もともと来た道とは別の道を使ったから、会わなかったわけだ。

「危ないから先に帰っててって言ったのに」

そう言うと、夏帆がちょっと怒った声で返事をした。

「ああいうふうに言われて、先に帰ると思う？　ほんと、心配したんだからね？」

「俺は平気だから安心してよ。水琴さんも無事だから」

「何があったの？」

「ごめん。今はちょっとやることがあるから、明日、学校で説明するよ」

「……ちゃんと説明してね。約束だからね」

そう言うと、夏帆は電話を切った。

俺はスマホをポケットにしまった。

とりあえず、今は夏帆への説明より優先することがある。

俺は水琴さんのすぐ横に布団を敷いた。

ぽんぽんと布団をたたき、指さす。

「水琴さん、ここに座ってくれる？」

「な、なんで？」

水琴さんが頬を赤くしたので、俺は慌てて言う。

「べつに変なことなんてしないよ」

「秋原くんが、変なことするなんて思わないけど……」

「捻挫したんだから、手当しないと。えっと、靴下、脱いでくれる？」

水琴さんは「そっか」と小声でつぶやいて、素直に布団の上へと身体をずらした。

そして、くじいた左足のハイソックスを手で脱がし、白く細い脚を無抵抗に俺に投げ出した。

「秋原くん、こんな感じでいい？」

「オッケー」

さて、手当としては、患部を高めに上げて、包帯で圧迫。後はこれを冷やす必要がある。

「ごめん、水琴さん。ちょっと触るよ」

「え？」

俺は台を用意した。

そして、水琴さんの足に触れ、それを持ち上げて台の上に載せた。

包帯を戸棚から持ってきて、水琴さんの足に巻く。

水琴さんはますます顔を赤くしていたが、途中で短くうめいた。

「痛っ」

「大丈夫？」

「……うん、平気。それより、なんか包帯がくすぐったいかも」

水琴さんは恥ずかしそうに、そう言い、それから少し咳き込んだ。

俺はキッチンに行って冷凍庫を開け、そこから氷を取り出して、ビニール袋に詰めた。

その氷袋を持ってきて、水琴さんの足首に当てた。

水琴さんが小さく悲鳴を上げる。

「つ、冷たいっ」

「ごめん。我慢してよ」

「……ね、秋原くんは謝らなくていいよ。わたしのためにしてくれてることなんでしょ？」

「まあ、そうだけどね」

「わたし、昨日、秋原くんにもうお礼なんか言わないって言ったよね？」

そういえば、水琴さんは人に親切にされるのが苦手だと言い、「もうかまわなくていいから」と俺に言ったんだった。

これも余計なことだったんだろうか。

けれど、水琴さんはうつむいて顔を赤くしたまま言った。

「昨日がお礼を言うのは最後って言ったけど、言い直さないとね。今日がお礼を言うのは最後。襲われているところを助けてくれたことも、ここまでおんぶして帰ってきてくれたことも、怪我の手当をしてくれたことも、感謝してる。だから、明日からは迷惑をかけないようにするから」

「そんなこと気にしなくていいのに」

「わたしは気になるの」

「今日の夕飯、ホワイトシチューとカレーだったら、どっちがいい？」

「カレー」

と、水琴さんは即答して、それから、しまったというように口に手を当てた。

思わず答えてしまうなんて、案外うっかりしているところがあるんだな、と思い、俺は微笑んだ。

「じゃあ、カレーを作るから」

「ま、待って！　わたしの分はいらないってば！」

「お礼を言うのは今日が最後、なんだよね？　だったら、今日中はご飯をごちそうになるくらい、別にいいんじゃないかな」

水琴さんがためらうように口を閉ざした。

俺は重ねて言う。

「安静にしておいたほうが良いよ。捻挫が悪化したら、かえって困ったことになるから」

「……うん」

水琴さんは素直にうなずいて、包帯を巻かれた白い足を投げ出したまま、布団に身を横たえた。

そして、俺をぼんやり見上げていた。

しばらくして水琴さんは何かに気づいたような顔をして、俺に尋ねた。

「そういえば、秋原くんってさ、お父さんは単身赴任中だって聞いたけど、お母さんはどうしたの？」

俺はちょっとためらって、それからありのままを話した。

「五年前にいなくなったよ。葉月の大火災に巻き込まれてね」

水琴さんは息をのんだ。

葉月の大火災は、俺たちの住んでいるこの街・葉月市で五年前に起きた災害だ。

数百棟もの建物を一瞬のうちに焼失させたこの大災害は、多数の犠牲者を出した。

俺の住んでいた一軒家も火災によって燃え、そして、俺の母や雨音姉さんの両親が犠牲になっている。

「ごめんなさい。無神経なこと聞いちゃったみたい」

「べつにいいよ。それよりさ、こっちも質問していいかな。嫌なことを思い出させて悪いけど、水琴さんはなんであの男たちに絡まれていたの？　心当たりある？」

あの男子生徒たちは水琴さんが遠見家の令嬢だと知った上で、頼まれて水琴さんを痛めつけるのだと言っていた。

けれど、その依頼者がなぜ水琴さんを狙ったのか、よくわからない。

水琴さんは小さく震えた。

答えたくないのかもしれない。

なんだか俺の母の話と引き換えに、無理に聞き出そうとしているみたいで悪いな、と俺は思った。

「答えたくなかったら、答えなくていいよ」

俺の言葉に水琴さんはうなずき、短く答えた。

「わたしはね、偽物のお嬢様なの」

「偽物？」

「だから、わたしは襲われそうになったの」

「どういうこと？」

「秋原くんは知らなくていいことだよ。わたし、秋原くんを巻き込むつもりはないし」

もう巻き込まれているような気もするけれど。

だいたい、明日以降も似たようなことがあったらどうするんだろう？

今日は運良く、俺は水琴さんのそばにいたけれど、いつもそうやって助けられるわけじゃない。

どうしたものかと俺はカレーを煮込みながら考えた。

けれど、とりあえず、水琴さんが襲われる心配はする必要がなくなった。

別の心配をしなければならなくなったけれど。

次の日の朝から水琴さんは高熱を出して、寝込んでしまったのだ。

第四話　女神vs幼馴染　chapter.4

「おはよう、水琴さん」

「おはよう、秋原くん」

翌日の午前七時、俺が朝食の用意をしていると、水琴さんが起きてきた。

寝ぼけた様子で目をこする水琴さんは、なかなか可愛かった。

なんというか、氷の女神なんて呼ばれている学校での姿と違って、かなり無防備だ。

水琴さんは俺の横を通り、洗面所へ行こうとしたみたいだった。

けれど、そのとき、水琴さんの身体がぐらりと揺れ、その場に倒れそうになった。

そのまま倒れると壁へ激突しかねない。

俺は慌てて水琴さんを支えた。

捻挫のせいかと考えたけれど、そんなに重傷ではなかったはずだし、今日まで長引いてるとも思えない。

「水琴さん、どうしたの?」

俺の腕の中の水琴さんが顔を赤くした。

いや、もともと顔はだいぶ赤かった気がする。

俺は水琴さんの額に手を当てた。

「あ、秋原くん？　やめてってば」

「ひどい熱だ」

俺はうめいた。

水琴さん、とうとう本当に風邪(かぜ)を引いてしまったらしい。

しかも、軽くないやつを。

防寒具なしにこの寒い冬に外を出歩いていたんだから、当然だ。

「わたし、平気だから」

そう言ったあと、水琴さんは苦しそうに咳き込んだ。

全然、平気じゃないと思う。

俺は戸棚からいくつかの道具をとりだした。

「ほら、体温計。測ってよ」

「学校だって行けるもの」

「ちょっと歩くだけでふらつくのに？」

俺がそう言うと、水琴さんは俺を睨んだ。

「平気ったら、平気なんだから。離してよ、秋原くん！」

水琴さんは俺を振りほどくと、二歩三歩と歩いて、またふらついて倒れそうになった。

仕方なく、俺は水琴さんを抱きとめた。

「無理せず寝ててよ」

水琴さんは涙目になりながら、しぶしぶうなずいた。

このままだと水琴さん、布団まで戻る途中でもまた転びそうになるだろうな。

俺は水琴さんを布団の上につれていった。

体温計で測ると、三十九度四分。

高熱だ。

「学校は休みだね」

「……仕方ないよね」

水琴さんは毛布を引き上げ、恥ずかしそうに顔を隠した。

それから、水琴さんは言う。

「秋原くんは学校に行く？」

「あー、うん。どうしようかな」

「……そばにいて」

水琴さんが心細そうにつぶやいたので、俺は意外に思って真下で寝ている水琴さんの顔をまじまじと見つめた。

水琴さんが「今のなし、忘れて」と顔をますます赤くして言った。

口がすべったんだろうけど、これは、ここにいてほしいということなんだろうか。

「俺も家にいたほうがいい？」

「そんなこと、わたし、言ってない」

そう言って、水琴さんは赤い顔でこほこほと咳き込んだ。

たしかに高熱の病人を一人だけ放置して学校に行くというのも気が引ける。

いざとなったら病院へ連れて行かないといけないし、体調がさらに悪化して誰も助けがいないと目も当てられない。

前も雨音(あまね)姉さんが体調を崩(くず)して倒れたとき、看病のために休んだことがある。

俺も休むか、と思って学校に電話して、俺も「風邪だ」と嘘をついた。

水琴さんの風邪がうつったら、本当のことになるから、気をつけないといけないけど。

それから夏帆(かほ)にスマホで休むとメッセージを送っておいた。

水琴さんのほうの欠席の連絡は、さすがに俺からするわけにはいかない。

スマホが充電されている場所は、水琴さんの布団からちょっと離れた位置にある。起き上がって取ってもらうのも大変だろうし、俺は水琴さんのスマホを手に取ると、布団の中の水琴さんに手渡した。

「つらいと思うけど、学校には連絡できる？」

「うん」

水琴さんが咳き込みながら学校に電話して話し込んでいるあいだに、俺は冷蔵庫からスポーツドリンクのペットボトルを取り出した。

それをカップに入れて、電話が終わった水琴さんに差し出した。

「とりあえず水分とったほうが良いよ。飲めそう？」

「……ありがと」

水琴さんは軽く身体を起こして、カップに口をつけて飲み始めた。

上気した顔で、はぁはぁと肩を上下させている。

とてもつらそうだ。

それから、水琴さんは俺を見つめた。

「わたし、秋原くんに、学校を休んでほしいなんて、言ってない」

「べつに水琴さんがそうしてほしいって言ったから休むんじゃなくて、俺がそうしたいからずる休みしているだけだよ」

「嘘つき。わたしの看病、してくれるつもりで、休んだんでしょ？」

とぎれとぎれに水琴さんが言う。

しゃべるのもおっくうなほどつらいんだと思う。

俺は首を横に振った。

「水琴さんさ、ゆっくり寝てなよ」

「……ごめんなさい」

「なんで謝るの？」

「一昨日、寒かったときに、服も、飲み物も、お風呂も、ご飯も用意してくれて、風邪を引かないように、してくれたのに。なのに、結局、風邪引いちゃった」

「そんなこと水琴さんが謝ることじゃないよ。まあ、昨日はコートを借りて出かけていってくれたほうが良かったけどね」

「そんなの、悪いもの」

「善意の申し出は、人は素直に受け取ってくれたほうが嬉しいものだよ」

「そう？」

「そう。だから、水琴さんは気にしなくていいんだよ。食欲ある？　おかゆとか作るけど」

水琴さんは首を横に振った。

今は食べられない、ということだろう。

高熱があるときだと、そんなものだ。

冷却シートやマスクがあれば、と思ったけど、あいにく切らしていた。

「ちょっと薬局行ってくるから、そのあいだ、大人しくしててね」

「なんか、子どもあつかいされてる気がする……」

水琴さんが恥ずかしそうにつぶやいた。

☆

俺が薬局から帰ってきたとき、水琴さんはぐっすりと寝ていた。

熱で体力を奪われているだろうし、ゆっくり睡眠をとるのが良いと思う。

掛け布団がめくれている。汗をかいたからか、白地のTシャツとショートパンツ姿に着替えていた。

冷却シートやマスクも、水琴さんが起きてから使ってもらえば大丈夫だろう。

部屋の加湿を忘れていたことに気づき、俺は加湿器に水を補給して電源を入れた。

ついつい使うのを忘れがちになってしまうけれど、風邪の病人がいるときぐらいはちゃんと使おう。

それから、俺は推理小説をいくつか本棚から取り出した。

どれも買ったままなかなか読めていなかったもので、いい機会だし、この機会に少しでも読み進めてしまおう。

俺は水琴さんの隣に椅子を持ってきて、文庫本片手に腰掛けた。

しばらく俺が推理小説を読んだりして何時間か経った頃、足をつんつんとつつかれた。

水琴さんが布団の中で、俺を見上げていた。

「秋原くん」

「なに？」

「お水が飲みたい」

「了解」

俺は立ち上がって、コップに水を入れて水琴さんに渡した。

そして、水琴さんがコップに唇をつけ、飲み干すと「ありがとう」と言った。

そのとき、俺は気づいた。

水琴さん、はじめて素直に俺に頼み事をしてくれたんじゃないだろうか。

俺は水琴さんの青い目をじっと見つめた。

「な、なに？」

水琴さんがどぎまぎした様子で俺に問い返した。

俺は首を横に振った。

「なんでもないよ」

「そう、なの？」

「他になにかしてほしいことない？」

「えっとね、トイレに行きたいんだけど……」

「歩けない？」

「歩けるとは思うけど、途中でふらつくかもしれないから……」

「支えてほしい？」

水琴さんはこくこくとうなずいた。

急に水琴さんが素直になったのは、風邪で弱ったから、善意は素直に受け取れと言ったから、どっちなんだろう？

俺は水琴さんに手を差し伸べると、水琴さんは俺の手をとり起き上がった。

銀色の綺麗な髪がふわりと揺れる。

俺は水琴さんに言われたとおり、介添えしてトイレまで行った。

「悪いけど、恥ずかしいから……」

「トイレの前で待ったりしないよ」

俺がへらりと笑うと、水琴さんはトイレのなかに引っ込んだ。

ちょっと距離を置いて、水琴さんを待ち、トイレから出てきたら、また水琴さんを布団まで連れて行った。

布団の中に入ったら、水琴さんはこほこほと咳き込んだ。

「咳止めの薬、あるけど、いる?」

「……うん」

俺はもういっぺん水をくんできて、水琴さんに手渡した。

そこで、水琴さんの動作が止まったので、俺は心配になる。

どうしたのだろう?

水琴さんは、手にコップを持ったまま、青い瞳でまじまじと俺を見つめていた。

そして、ちょっと顔を赤くして、小声でささやくように言う。

「あ、ありがとう……」

俺はぽかんとして、それからくすっと笑った。

「どういたしまして」

水琴さんは、昨日が最後で、もう俺には「ありがとう」と言わないと宣言していた。

でも、それはやめにしたみたいだ。善意は素直に受け取ることにした、ということだと思う。

水琴さんは、ごくりと咳止めの薬をコップの水で飲んだ。その仕草がちょっと色っぽくて、俺はどきりとする。

そして、水琴さんはコップを俺に手渡しで返そうとしたが、その直後に手をすべらせた。

コップはひっくり返り、中身をすべてぶちまけて、水琴さんの身体にかかった。

「ひゃんっ」

水琴さんが可愛らしく悲鳴を上げた。

見ると、寝間着のTシャツがびしゃびしゃになっていて、胸のあたりの下着が透けている。

「ご、ごめん」

俺は慌てて目をそらしたが、水琴さんは不思議そうな顔をした。

「どうして、秋原くんが謝るの？　こぼしたの、わたしなのに」

「いや、いろいろとね……。ともかく、拭くのは後でもできるから、着替えちゃってよ。

冷たいよね？」

「秋原くんはさ、どうしてわたしに優しくしてくれるの？」

水琴さんは濡れた寝間着のまま、俺に尋ねた。

よりにもよって、そんな格好で聞かなくてもいいのに。

俺は目をそらしながら、答えた。

「理由なんてないよ」

それを聞いた水琴さんが、疑わしそうな声で聞く。

「わたしの目、まっすぐ見てよ。どうして目をそらしているの？」

それは水琴さんの下着が透けて見えるからです、とは言えず、俺は仕方なく水琴さんと目を合わせた。

濡れた寝間着の布地が水琴さんの白い肌にぴったりとくっつき、ますます下着がはっきり見えるようになっていた。

ピンク色の花柄のデザインのブラジャーで、意外と可愛らしいものをつけているんだなあ、とか俺はどうでも良いことを考える。

水琴さんは青い瞳で俺を見つめ返していた。

「あのね……ごめんなさい」

「なんのこと？」

「いきなり家に押しかけて、冷たい態度をとって、迷惑をかけちゃって……」

しおらしく、水琴さんが言う。

「気にしなくていいよ。水琴さんもいろいろと事情があって、大変だったんだろうし。俺は迷惑だとは思っていないから」

「本当に？」

「本当に」

俺がそう言って微笑むと、水琴さんも嬉しそうな顔をした。

「……もう少しだけ、わたし、この家にいてもいい？」

「もちろん。こんなボロアパートでよければね」

「……ここは居心地がいいの。秋原くんも……優しいし」

最後の言葉は消え入るように、小さかった。水琴さんは、恥ずかしそうに目をそらしている。俺もなんだか恥ずかしくなってくる。

そこで、俺は思い出した。

水琴さんが打ち解けてくれそうなところ、タイミングが悪いけれど、言わないといけないことがある。

でも、先に水琴さんに気づかれるとかえって面倒だ。俺は仕方なく言った。

「ところで、水琴さん。とても言いづらいんだけど……下着が透けてる」

俺の一言で、水琴さんは自分の胸元を見て、顔を真赤にした。さっきこぼしたコップの水で、寝間着はびしょびしょだ。

それから、大慌てで隠そうと、毛布を引き寄せようとして、自分の身体が濡れていることに気づいたようだった。

毛布まで濡らしてはいけないということだろう。

あたふたしながら、どうしよう、と水琴さんは途方にくれていた。

下着よりも、この水琴さんの慌てた態度のほうが、見ててほっこりするな、と俺は思った。

「俺はいったん部屋の外に出るから、着替えちゃってよ」

俺はそう言って、水琴さんの寝ている部屋との区切りの障子戸を引いた。

案外、水琴さんもうかつなところが多いなあ、と思う。

そのとき、玄関のインターホンが鳴った。

誰だろう？

俺が応対しようと立ち上がったそのとき、「晴人！　いないの⁉」という声がした。

そして、ガチャガチャと鍵を開ける音がする。

来客が誰かは明らかだった。

この部屋の鍵を持っている三人の一人。

俺の幼馴染、佐々木夏帆だ。

夏帆がどうして、こんな時間にうちに来るのか。

……そういえば、今日は午前のみの短縮授業だった。

風邪で休んだ俺のことを見舞いに来てくれたなら、すごく嬉しい。

けれど、タイミングが悪い。

このままだと、夏帆と水琴さんが鉢合わせする。

ともかく、水琴さんにこのことを知らせないと。

もう夏帆は玄関の扉を開きかけてる。

俺は慌てて障子戸を引いて、水琴さんのいる部屋へ逆戻りした。

そこには、上半身が下着姿の水琴さんがいて、脱いだTシャツを手に持って立っていた。

そういえば、服を濡らしたから着替える、という話だったのに、すっかり忘れていた。

水琴さんが、目を点にして固まり、次の瞬間、「きゃあっっーー！」と悲鳴を上げかけた。

こんな水琴さんの悲鳴を聞かれたら、夏帆になんて言われるか。

まずい。

幸い、夏帆は質の悪い合鍵（あいかぎ）のせいか、なかなかうまく開けられないらしい。

夏帆が玄関の扉を開けるまでになんとかしないと。

俺は慌てて水琴さんを説得した。

「ごめん。変なことしようとかじゃなくて、夏帆が部屋の前に来てる。だから静かにしてほしい」

水琴さんの目が大きく見開かれる。

「ほんとに……佐々木さんが来ているの？」

「あと少しで扉が開くと思う」

「ええと、どうしよう？」

「正直にこの部屋にいることを話すか、それとも隠れるか、どっちがいい？」

「か、隠れる！　絶対、誤解されるもの」

まあ、そうだろう。

俺の部屋に水琴さんがいて、しかも上半身は下着姿。

誤解されないほうが無理だ。

男嫌（おとこぎら）いの水琴さんなら、俺と変な仲だなんてクラスメイトに誤解はされたくないと思う。

俺としても、ここで夏帆に誤解されれば、夏帆と付き合うという話がますます非現実的になる。

俺と水琴さんは意見の一致（いっち）を見ると、水琴さんに奥（おく）の部屋に隠れていてもらうことに決めた。

このアパートの間取り上、水琴さんの部屋は玄関から見て一番奥にある。玄関からすぐのところにダイニングキッチンがあり、次に俺の部屋があり、最後に一番窓側に近いのが水琴さんの部屋だ。もともとは雨音姉さんの部屋だし、夏帆がわざわざ奥の部屋に入る理由もない。

水琴さんは障子戸を引きかけ、そして、不安そうに俺を見つめた。

「悪いけど……あとは秋原くんがなんとかしてね」

「了解」

と答えたら、水琴さんはこくんとうなずき、障子戸を閉めた。

同じ瞬間、玄関の扉が開いた。扉の向こうに、セーラー服姿の夏帆が立っている。

夏帆は拍子抜け（ひょうしぬ）したという顔をしていた。

「なんだ。晴人、元気そうじゃん」

「ああ、うん」

「勝手に開けて、ごめんね。晴人が熱で倒れて返事ができないのかと思って」

「いや、それほど重症というわけではないけど……」

夏帆が靴を脱ぎ、部屋の台所に上がりこんだ。

ぐるりと夏帆があたりを見回す。

「昔とおんなじで、綺麗に片付いてるね」

「まあね。夏帆が来るのは久しぶりだ」

「うん。最後に来たのは半年前の……」

言いかけて、夏帆は気まずそうに黙った。

夏帆が最後にこの家に来たのは、俺が夏帆に告白した日だ。

この部屋で、俺は夏帆に好きだと言ったのだ。

そして、夏帆は俺を振った。

今思えば、もっと別の雰囲気のある場所で告白しておけばよかったのかもしれない。

でも、そのときは振られるなんて思わなかったんだ。

俺は話題を変えようとした。

夏帆が持っているビニール袋に目をとめる。

そこには即席のおかゆのパックとか、風邪薬とかが入っていた。

「それ、俺のために持ってきてくれたの？」

「うん。お母さんが持っていってあげなさいって」

「なるほど」

まあ、俺が病気でもしなければ、夏帆は一人でこの家に来ようとは思わなかっただろうな。

俺が夏帆の立場でもそうすると思う。

夏帆は俺を上目遣いに見た。

「でも、晴人、全然、平気そうだよね。もしかしてズル休み？」

誤魔化しきれないと思って、俺は観念した。

「そう。ズル休みだよ。ちょっとやりたいことがあってね」

「心配して損した」

夏帆がつぶやいた。

怒ってくれても別にいいけど、ズル休みだとわかったら、早く帰ってくれていい。

夏帆がここに長くいればいるほど、水琴さんが隠れていることがバレる可能性が高くなる。障子戸一枚で仕切られた奥の部屋には、水琴さんがいるのだから。

俺が夏帆に帰るようにうながすと、夏帆が少し傷ついた顔をした。

「せっかく久しぶりに来たんだから、もっと歓迎してくれてもいいじゃん」

「来てくれたのはすごく嬉しいし、心配かけてごめんだけど。でも、俺はやりたいことがあるから、今日は帰ってよ」

「晴人さ、もしかして今でも怒ってる？」

「何を？」

「……あたしが晴人を振ったことを」

「なんで俺が怒るの？　夏帆が俺の告白を受け入れるのも、拒絶するのも、夏帆の自由だよ。俺に怒る理由なんてない」

「やっぱり怒ってる」

怒ってるつもりなんてないんだけど、言い方がつっけんどんだっただろうか。

別に夏帆が俺を振るのは当然の権利だ。

俺が勝手に夏帆に好かれているなんて思い込んで、俺が勝手に傷ついただけなのに。

俺がそう言うと、夏帆は首を横に振った。

「あたしはね、本当はとっても悪い子なんだよ」

そう言って、夏帆は寂しそうに微笑んだ。

悪い子？

夏帆は自分のことをそう言うけれど、俺には何のことかわからない。

夏帆はいつだって優しくって親切な女の子だった。

実際、中学でもいまの高校でも、夏帆は周りからかなり信頼されている。

夏帆は自然な感じで俺の部屋に入った。俺は慌てた。さらに奥の部屋に入られたら、水琴さんが見つかってしまう。

でも、夏帆は障子戸の手前で足を止めると、くるりと俺を振り向いた。制服のスカートの裾がふわりと揺れる。

夏帆は俺をまっすぐに見つめて言う。

「あたしね、ユキに怒られちゃったんだ」

「それは珍しいね」

ユキは夏帆の親友で、どちらかといえば気弱な性格だ。

そんなユキが夏帆を怒っている姿なんてほとんど見たことがない。

もしユキが怒るとすれば、それは大事なことなんだろうけれど。

「ちょっと前の話だよ。晴人の告白を断った後に、怒られたの。あたしが勘違いさせるような態度をとったから、それで晴人を傷つけたんだって、ユキは言うの」

意外だ。

　ユキは、告白後に夏帆とまた話せるような仲になるように協力してくれたけど、夏帆にそんなことを言っていたなんて知らなかった。

「あたしは小学校のときからずっと晴人と一緒にいて、それが当たり前みたいに思ってた。だから、一緒に帰ったり、遊びに行ったり、部屋でご飯食べたりしても、なんとも思わなかったんだ。だけど、晴人は違ったんだよね？」

「それを俺に言わせる？」

　俺はさすがに顔が引きつるのを感じた。

　すれ違いは告白のずっと前からあったんだ。

　夏帆は俺のことをただの仲の良い幼馴染だと思っていて、俺は夏帆に片想いしていた。

　そんなこと、いまさら確認されなくてもわかっている。

　俺を振った夏帆が、二人きりで俺の部屋にいる。いや、二人きりではなくて、水琴さんが部屋の奥にいるけれど、夏帆はそのことを知らない。

　夏帆は寂しそうに微笑んだ。

「ユキは言ってた。『甘えるような態度をとって、夜遅くまでアキくんの部屋にいたりして、そんなことしてたら、アキくんに押し倒されたっておかしくないよ』って」

「押し倒したこともなければ、押し倒すつもりもなかったけれど」

「本当にそうかな。晴人はさ、『恋とは、魂の接触に始まり、粘膜の接触に終わる』って言葉、知ってる？」

「なにそれ？」

「フランスの格言なんだって。男女が、お互いのことを知って、心を通わせて恋人になる。そして、キスをして、セックスをする。そうしたら、そこで恋は終わるの」

夏帆が平気な顔をして「セックス」という言葉を口にしたので、俺はちょっと顔を赤らめた。

夏帆がくすりと笑う。

「いま、あたしとエッチしているところを想像した？」

「そんなことしてない」

「でも、晴人はあたしのこと、好きなんだよね」

「どういう意味？」

「だから、それって、あたしとセックスしたいってことだよね」

俺は絶句した。

なんてことを言い出すのか。

俺が夏帆に告白したのはそんな意味で言ったつもりはない。

けど、たしかに、夏帆とキスしたくないわけじゃない。

それがすべてではないけれど、俺はごく普通の男子高校生だから、そういうことも将来的にはあるといいな、と思っていたのだ。

だから、夏帆の言葉を全否定はできない。

俺の内心を見透かしたように、夏帆は続ける。

「べつに晴人にいやらしい意図があったとかそういうことじゃなくてね。結局、恋愛って相手に触れて性欲を満たすのがゴールでしょう。その先には何もないんだよ」

「夏帆が何を言いたいかわからないよ」

「あたしは恋愛がよくわからない。あたしは、晴人とキスをしたり、エッチなことをしたりしているところなんて、想像できないよ。どうしてただの仲良しじゃダメなの？」

「俺は夏帆ともっと別の関係になりたかったんだよ。夏帆にとっての、特別な存在になりたかった」

けっこう恥ずかしいことを言った気がする。

俺は顔を赤くして何も言わず、夏帆もうつむいていた。

告白を断られたときは、夏帆はただ「姉弟みたいなものだから」としか理由を説明してくれなかった。

けれど、こんなことを考えていたなんて、知らなかった。

夏帆は天井を見上げた。

「やっぱり、あたしはこの部屋に来ないほうが良かったね」

「そんなことないよ」

「でも、こうやって話しているだけでも、晴人のことを傷つけちゃう」

夏帆は困ったような、そして悲しそうな笑みを浮かべる。

そして、夏帆はポケットからこの部屋の鍵を取り出した。

「この鍵、やっぱり返さなくっちゃ。あたしが持ってたりするの、おかしいよね。ごめん、二度と来たりしないから」

「夏帆は俺のことが嫌い？」

夏帆は首を横に振った。

「そんなわけないよ。あたしは、今でも晴人と仲良しでいたいの。晴人と一緒に遊んだり、ご飯を食べたりしたい。この部屋に来て、一緒にゲームをしたりしたい」

「でも、俺と付き合うつもりはないってことだよね」

「だから、あたしは悪い子なんだよ。あたしが悪い子なのはそれだけが理由じゃないけど、ともかく鍵は返すから」

べつに俺は夏帆のことを悪いだなんて、思わない。

ずっと、ただの幼馴染で、仲良しじゃダメなのか、と聞かれたら、ダメだなんて言うつもりはなかった。

俺は鍵の返却はしなくていい、と言いかけた。

そのとき。

ごとりと奥の部屋から物音がした。

そういえば、水琴さん、上半身裸で、しかも濡れたままの状態だ。着替えの服も用意できていない。

早くなんとかしてあげないと、風邪が悪化する。

でも、今の雰囲気で、夏帆に一刻も早く帰れ、なんてとても言えない。

水琴さんのことさえなければ、これから一緒に部屋でゲームでもしよう、と夏帆に言うところなのだけれど。

俺が困っていたとき、夏帆は「あれ？」とつぶやいた。

部屋の片隅に落ちていた瓶を夏帆は拾い上げた。どきりとする。たぶん、水琴さんが俺の部屋を通るときに落とした所持品だ。

「これ、女物の化粧水だよね？」

「ああ、うん」

「誰の？」

「雨音姉さんの」

「雨音さん、帰ってきてるの？　なんで言ってくれないの？　会いたいのに」

と言った後、夏帆は気まずそうに「あたしにそんなこと言える資格ないか」とつぶやいた。

夏帆と雨音姉さんはわりと仲がよく、昔は雨音姉さんは夏帆をけっこうかわいがっていた。

ともかく、その化粧水が雨音姉さんの、というのは大嘘(おおうそ)だ。水琴さんのもののはずだけど、そんなこと、言えるわけがない。

次の瞬間、奥の部屋から小さくくしゃみが聞こえた。

夏帆がぎょっとした顔をした。

「いま、奥の部屋から声がしなかった？」

「き、気のせいだよ」

「晴人、ひょっとして犬とか拾ってきて、部屋で飼ってるの？」

残念だけど、犬ではなくて、人間の女の子だ。

しかもクラスメイトの美少女だから、飼っているなんて、とても言えない。

俺が否定すると、あっさりと夏帆はうなずいて納得してくれた。

よかった。

これで危機は回避された。

けれど。

「そういえば、雨音さんに貸した本があったんだよね」

「え？」

「まだ返してもらってなくて、雨音さんの部屋の押入れに置いてある気がするから、ちょっと見ていい？」

俺の返事を聞く前に、夏帆は部屋の障子戸を思い切りよく開いた。雨音姉さんの部屋は、今では水琴さんの部屋になっている。

つまり、部屋の中には、あられもない姿の水琴さんが隠れている。上半身は下着のみという半裸の水琴さんを見られたら、絶対に誤解されると思う。

ところが、水琴さんの姿はすぐには視界に入らなかった。

どこへ行ったんだろう？と思ったけれど、すぐに気づく。

水琴さんの服は濡れてしまって脱いでいるけれど、毛布と布団は無事だった。だから、毛布をかぶって布団の中に隠れているらしい。

ただ、露骨に不自然だった。雨音姉さんもいないのに、奥の部屋に布団が敷かれているなんて……。

しかも、女の子一人が隠れているのだから、毛布には不自然な膨らみもある。普通に考えれば理屈に合わない。どうやって言い訳しよう、と考えたけれど、何も名案は思いつかなかった。

しかもさらにまずいことがあった。

「……あれはなに？」

夏帆が俺に尋ねる。夏帆が指で示す先には、濡れたTシャツが床に落ちていた。

水琴さんが脱いだものだ。もう言い逃れできない。

そのとき、水琴さんが可愛らしくくしゃみをして、立て続けに咳き込んだ。

さっきは障子戸越しにくしゃみを小さくしただけだった。けれど、今度はくっきりとその音は聞こえてしまった。

夏帆は驚愕の表情を浮かべる。

「いま、女の子の声がした」

「気のせいだよ」

「絶対に聞こえたよ。その毛布の下の布団に……」

夏帆は毛布を指で示す。

俺は布団と夏帆のあいだに割って入り、言った。

「本当になんでもないから。男子高校生の家のなかには、見られたくないものがたくさんあるんだよ」

「そこは雨音さんの部屋でしょ？」

「今は、この家には俺しかいないよ」

「嘘。この部屋には女の子がいるんだよね」

「いないよ」

「あたしに嘘をつくの？」

「嘘なんてついてない」

「隠し事をするなんて、晴人は悪いことをしてるんだ」

「まさか。悪いことなんて何もないさ」

「なら、そこにいるのが誰か、教えられる？」

俺は何も言い返せずに、黙った。

もう夏帆は、布団のなかに女子がいることには気づいてしまった。

でも、ここで夏帆を通さなければ、少なくともなかにいるのが、クラスメイトの水琴さんだということは隠せる。

しかし、夏帆はさっと俺の横を通り抜けた。しまった。

俺は夏帆を止めようとしたが、間に合わない。

夏帆は毛布を取り去った。

そこには、当然、水琴さんがいた。

上半身はブラジャーしか身に着けていなくて、下半身もショートパンツのみという無防備な格好で震えている女の子だ。

水琴さんは怯えた表情で、俺をすがるように見た。

でも、今の俺には何もしてあげられない。

夏帆が言う。

「水琴玲衣さん、だよね。クラスメイトの女神様」

「わたしは女神なんかじゃない」

水琴さんは消え入るような声で言った。

その言葉に夏帆が重ねて問う。

「なんで下着しか着ていないの？」

「それは……」

「晴人とエッチなことをしようとしてたんだ？」

夏帆が冷え冷えとした声で言う。

予想通りの誤解だ。

俺は天を仰いだ。

言い訳を口にする前に、夏帆が俺を振り返った。

「学校をずる休みして『やりたいこと』って、そういうこと？」

「違うよ」

「やっぱり、晴人はさ、こういうエッチなことがしたかったんだ」

「だから、違うって」

「あたしじゃなくて、可愛ければ誰でもいいんだ。水琴さん、美人だもんね。胸も大きいし」

「そうじゃなくて、水琴さんは風邪を引いていて、俺はその看病をしていて……」

「なら、どうして下着姿なの？」

夏帆に問われ、俺は言葉に詰まった。ちらりと水琴さんを見ると、ブラジャーの肩紐が少しずれていて、俺はどきりとする。

　夏帆はますます不機嫌そうに俺を睨んだ。

「晴人の目つきがいやらしい……」

「な、何も見ていないよ。それに、水琴さんがコップの水をこぼして着替え中だっただけで、何もやましいことはない」

「なら、水琴さんがいることを隠そうとしたのはどうして？　晴人が水琴さんとエッチなことをしていたからじゃないの？」

「見つかったら、今みたいに誤解されるからだよ」

「だいたい、どうして水琴さんがこの部屋にいるの？　エッチするために連れ込んだりしたってこと？」

「まさか」

　そんなこと、するわけない。

　でも、たしかに同級生の女の子が俺の部屋にいる理由なんて説明できない。一緒に住んでいるなんて言ったら、ますます誤解される。

　水琴さんは俺と変な仲だと誤解されたくないと言っていた。水琴さんのためにも、何か上手く理屈をつけて夏帆に説明する必要がある。

　でも、まったく思いつかない。クラスメイトの美少女が半裸で俺の部屋にいる理由……。

あるわけない。

でも、事態は予想外の方向へと進んだ。水琴さんが口を挟んだのだ。

「わたしはね、この家に住んでいるの」

俺も夏帆も、水琴さんの言葉に驚きのあまり固まる。

水琴さんは俺との仲を誤解されたくないと言っていた。なのに、あっさりと俺と同居していることを言ってしまった。

水琴さんは熱のせいか顔を赤くしていたけれど、その声ははっきりと澄んでいる。

「秋原くんは何も悪くないの。悪いのは、全部わたしだもの。コップの水をこぼして服を脱いだのは、わたし。この家に住みたいって言ったのも、わたし。秋原くんに甘えているのも、わたしだから。……秋原くんはわたしにエッチなことなんてしてないし、わたしにすごく優しくしてくれた。学校を休んで看病もしてくれて、わたしはとっても嬉しかったの」

夏帆は大きく目を見開き、絶句していた。そんな夏帆に構わず、水琴さんは続ける。

「秋原くんは……襲われてたわたしを助けてくれた。料理も作ってくれたし、それに、震えるわたしを温めてくれた。この家に来てから、秋原くんがわたしをたくさん助けてくれてるの。エッチするためにわたしを連れ込んだなんて、そんなことないよ」

俺に直接向きあっているときと違い、他人に対して俺のことを話す水琴さんの声は、優しかった。

戸惑うように、夏帆は押し黙り、そして、話題を変えようと思ったのか、こう言った。

「と、とにかく、濡れてるところを拭いてあげて、新しい下着を持ってくるから。それは晴人がやるより、女子のあたしがやったほうがいいよね？」

けれど、水琴さんは首を横に振った。

「平気。それも、秋原くんにやってもらうから」

「な、なんで⁉」

「秋原くんは変なことをしたりしないって、信頼しているもの。それに、ここはわたしと秋原くんの家なの。佐々木さんの家じゃない」

水琴さんは碧い瞳をまっすぐに夏帆に向けて、そう言った。

夏帆は水琴さんを怖れるように後ずさった。

「ここが水琴さんの家？　そんなの、嘘だよ」

「わたしは秋原くんのはとこなの。だから、この家に住むことになったの」

「晴人はそれを認めているの？」

夏帆は俺に尋ね、水琴さんはちょっと不安そうに俺を見つめた。

俺はうなずく。

「そうだよ。水琴さんはこの家の住人だ」

その瞬間、水琴さんは青い瞳を大きく見開き、そして嬉しそうに頬を緩ませた。

一方の夏帆は愕然としていた。

「あたし、そんなこと知らなかった。晴人はどうして教えてくれなかったの？」

水琴さんが言う。

「それは、佐々木さんが知っている必要がないからだと思う」

「だけど、あたしは晴人の幼馴染で、家族みたいなもので……」

「佐々木さんは、秋原くんの家族ではないでしょう？　わたしはちょっとだけ秋原くんと血がつながってるけど、佐々木さんは違う。……秋原くんを傷つけたのに、どうしてそんなふうに幼馴染だとか家族だとか、ためらいもなく言えてしまうの？」

水琴さんは少し怒ったふうに夏帆に問いかけた。

こんなふうに水琴さんが怒る姿は初めて見た。

そして、たぶん、水琴さんは俺のために怒ってくれているのだ。

「佐々木さんは卑怯だよ」

水琴さんは小さな声でそう言った。

夏帆は悲しそうに首を横に振る。

「違う。あたしは悪くないよ。……晴人があたしのことを好きになっちゃったのがいけないんだよ。そうじゃなければ、ずっと仲の良い幼馴染のままでいられたのに。なのに……」

夏帆は両手で自分の身体を抱いて、うつむきながらつぶやいた。

「あたしは晴人を傷つけるつもりなんてなかった。告白された後、あたしは晴人を避けようとしたんだよ？　でも、晴人はあたしのことが好きで、あたしは晴人と仲良くしたくて。それに、ずっと友達だったたんだもん。避けたりなんて、できないよ」

「そう思うなら、秋原くんのこと、受け入れてあげればいいのに。わたしが佐々木さんの立場だったら、きっと秋原くんのことを振ったりしない」

水琴さんは静かにそう言った。

「でも、晴人が好きなのは、水琴さんじゃなくて、あたしなんだよ。そうだよね？」

夏帆はそう言い、俺を上目遣いに見つめた。

そう。

俺は夏帆のことが好きだ。

優しくて親切で可愛くて、誰よりも俺のことを理解してくれている女の子だと思っていた。

でも。

「夏帆にとってはさ、俺の告白も好意も、ただの迷惑だったんだよね？」

「そんなこと……言ってない」

「いつまでも仲の良い幼馴染で、俺もいたかったよ。でも、それはできないかもしれないって思うんだ。きっと夏帆にはいつか俺よりも大事な存在ができて、幼馴染のことなんかどうでもよくなるよ」

夏帆は俺と水琴さんを交互に見比べ、それから暗い声で言った。

「そっか……晴人にも、あたし以外にそういう人ができるかもしれないんだ」

そうだ。

今の俺は夏帆のことが好きだけれど。

でも、いつか、それだって変わるかもしれないのだ。

俺は言った。

「今日はもう帰ってよ、夏帆」

俺の言葉を聞いて、夏帆が大きく目を見開き、そして泣きそうな顔をした。

拒絶された、と夏帆は思ったんだろう。

そんなつもりはないけれど、でも、いまここで夏帆がこの場に残れば、俺も夏帆ももっと苦しい気持ちになるだけだ。

夏帆はよろよろと二歩、三歩と後ずさり、そして、壁にぶつかった。

「ごめん……あたし、帰るね」

そう言うと、夏帆は逃げるように玄関へと戻った。

夏帆が靴を履くとき、セーラー服のスカートの裾から、綺麗な白い太ももが見えた。

夏帆の言う通りだ。

俺はたしかに夏帆を性的な対象として見ていて、だから、夏帆のちょっとした動作に心を動かされてしまう。

夏帆は俺たちを振り返った。

「水琴さん、お大事にね」

そう言うと、夏帆は玄関から消えた。

結局、鍵を返さなかったな、と俺は思った。

残されたのは、俺と水琴さんだけだった。

しばらく沈黙が支配した後、水琴さんがふたたび小さくくしゃみをした。

俺が水琴さんを見ると、水琴さんは顔を真赤にした。

水琴さんはいまだに上半身は濡れた下着しかつけていなかった。

俺は慌(あわ)てて目をそらす。

「ごめん。早く着替(きが)えを……」

「秋原くん」

「なに?」

「わたし、佐々木さんに言ったよね。秋原くんに下着の替えを用意してもらって、それで身体を拭(ふ)いてもらうって」

「たしかに言ってたけど……」

「ほんとに、お願いしてもいい?」

水琴さんは碧く美しい瞳で、恥(は)ずかしそうに俺を見た。

胸を両手で隠(かく)しているとはいっても、水琴さんは上半身はブラジャーしかつけていない。

そんな状態の水琴さんが、俺に身体を拭いてほしいという。

さすがにそれはまずい。

俺が冷静でいられる自信はない。

水琴さんは頬を赤く染めて、上目遣いに俺を見た。

「ダメ……かな?」

「ダメってことはないけど」

反射的に俺はそう答えた。

しまった。

ダメって言うべきところだと思う。

俺はおそるおそる尋ねた。

「いや、でも、本当に俺が拭いていいの？」

「うん。そうしないと佐々木さんに嘘をついたことになっちゃうもの」

俺が水琴さんの胸を拭くのか。

想像して、俺は動揺した。

たぶん顔は真っ赤になっている。

俺の視線に気づいたのか、水琴さんは目をそらし、言った。

「あ、あの……そこは自分で拭くから、秋原くんには背中を拭いてほしいの」

「背中？」

「汗たくさんかいちゃって、それで気持ち悪いから。自分だと手も届かないし」

「ああ、なるほど」

それならいいか。

いや、よくないかもしれないけど。

ともかく断ることはできない。

水琴さんが俺を頼ってくれているんだから。

俺はうなずくと、風呂場からバスタオルを持ってきて、濡らして固く絞り、ビニール袋に入れる。

それを電子レンジに放り込んだ。

蒸しタオルを作るのだ。

俺は奥の部屋に声をかけた。

「水琴さん、濡れるのとか気にしなくていいから、とりあえず毛布かぶっててよ。寒いだろうから。それで布団の上で待っててくれる？」

水琴さんはこくりとうなずき、「ありがと」と小さくつぶやいた。

一分ほど経って、俺は蒸しタオルを取り出し、水琴さんのもとへ戻った。

水琴さんは背中を向けて、毛布をかぶって待っていた。

俺に気づいたのか、水琴さんは毛布をぱさっと落とした。

ふたたび水琴さんの綺麗な白い肌が露わになる。

「恥ずかしい……」

水琴さんがつぶやいた。

「さっきまでも同じ状態だったよ」

「それでも、恥ずかしいの」

「我慢してよ」

俺はそう言うと、水琴さんの背中に手を伸ばした。

蒸しタオルを水琴さんに当てると、水琴さんは少しくすぐったそうに身をよじった。

そのまま背中を拭く。

「こんな感じでいい？」

「うん」

それきり水琴さんは黙って、されるがままになっていた。

水琴さんの背中はとても小さく見えた。

しばらくして、水琴さんが口を開いた。

「押入れのなかにあった、十八禁の本のことだけど」

「あー……あれがどうかした？」

「佐々木さんに見られなくてよかったね」

そういえば、そんなものもあった。雨音姉さんが夏帆から借りたままの本は押入れにあったみたいだし、夏帆が探していたら見つかってしまったかもしれない。

水琴さんが見つかるのに比べれば、エロ本なんて全然問題ないし、夏帆なら笑い飛ばしたかもしれないけど。

水琴さんは続けた。

「どれも佐々木さんによく似た女の子の写真ばっかりだったもの」

「そうだった？」

「そうだった。……本当に佐々木さんのこと、好きなんだ」

「まあ、うん、そうだね」

俺が答えると、「そう」と水琴さんは少し沈んだ声で答えた。

しかし、そんなつもりはなかったけれど、言われてみれば、たしかに成人向けの写真誌にしても、グラビアアイドルの写真集にしても、表紙にいるのは夏帆によく似た感じの明るいショートカットの髪型の子ばかりだった。

友人の大木が、「お前の好みに合ったものをくれてやる」と笑いながら言っていた意味がわかった気がした。

俺は水琴さんの背中を拭き終わった。

「あとは自分でやれる？」

「えっと……前もお願いしようかな」

「え？」

「人に身体を拭いてもらうのって、意外と気持ちいいなって思って。こんなお願いも、秋原くんは受け入れてくれる？」

水琴さんは俺を振り返った。

やっぱり、俺が水琴さんの胸も拭くということか。

水琴さんは碧い瞳でまっすぐに俺を見つめ、そして顔を赤くした。

「やっぱり恥ずかしいからいい……」

「そうだよね。それに水琴さん、男嫌い(おとこぎら)いだし、俺なんかに体を拭かれるのって嫌(いや)なんじゃない？」

「嫌なんかじゃないよ。わたしがお願いしたことだもの。それにね……わたし、男嫌いだけど、秋原くんのこと、そんなに嫌いじゃない」

「それは……なんというか、その、ありがとう」

そう俺がとぎれとぎれに言うと、水琴さんはくすっと笑った。

銀色の髪(かみ)が軽く揺(ゆ)れる。

思わず、俺は水琴さんに見とれた。

水琴さんは頬を緩め、柔(やわ)らかい笑みを浮かべて、俺を見ていた。

「水琴さんが笑うところ、はじめて見た気がする」

「そ、そう？　変だった？」

「いや……すごく可愛いと思う」

俺は言ってから、後悔した。

俺になんか、可愛いと言われても嬉しくないだろう。セクハラと言われるかも、と俺は思った。

けれど、水琴さんは「そっか」と弾んだ声でつぶやいた。

「わたしって、美人でしょう？」

「誰に聞いてもそうだって答えると思うよ」

「うん。だから、いろんな人にたくさん『美人だ』って言われてきたけど……でも、秋原くんに『可愛い』って言われると、なんか新鮮だなって思うの」

水琴さんはそう言って、もう一度、綺麗に微笑んだ。

第五話　女神様は十六等分の妹

chapter.5

次の日も水琴(みこと)さんはまだ風邪が治りきっていなかったけど、体調はかなり良くなったようだった。

水琴さんはまだ学校にいけないから、俺も休もうか？と聞いたら、首を横に振った。

「今日はもう平気だと思うから」

水琴さんはそう言って微笑んだ。

強がりではなくて、本当に平気なのだろう。

俺も学校を二日続けて休むわけにもいかない。

そういうわけで俺は登校して、今は最後の授業が終わり、これから帰ろうというところだ。

水琴さんのことが心配だし、俺は真(ま)っ直(す)ぐ帰るつもりだった。

夏帆(かほ)は今日は一度も話しかけてきていない。

俺がちらりと見ると、夏帆は怯えたような顔をして、露骨に視線を外した。

完全に避けられているな、と思う。

それも昨日あったことを思えば、仕方ない。

俺はため息をついた。

そのとき、ぽんと肩（かた）を叩（たた）かれた。

振り返ると、そこにはユキがいた。

小柄（こがら）で大人しい雰囲気（ふんいき）の女子生徒で、赤いアンダーリムのメガネをかけている。

桜井悠希乃（さくらいゆきの）。あだ名がユキ。夏帆の親友だ。

「ユキがうちのクラスに来るなんて、珍（めずら）しいね。どうしたの？」

「どうしたの……じゃないよ。わかってるでしょう？」

声をひそめて、ユキは俺の耳元に口を近づけた。

ちょっとくすぐったい。

なにやら、聞かれたらまずい話のようで、たぶん夏帆に関係する話だ。

「アキくん。今から、時間ある？」

「ちょっとだけなら、大丈夫（だいじょうぶ）だけど」

ユキはうなずくと、俺の腕（うで）を引っ張った。

俺はぎょっとした。

大人しいユキがこんな強引なことをするなんて珍しい。

俺は仕方なく立ち上がり、ユキについていった。

教室を出て、廊下の角を曲がり、生物準備室に入る。

薄暗くて、細長く狭い部屋で、こんなところ誰もこない。

ユキは扉をぴしゃりとしめると、俺を振り返った。

スカートの裾がふわりと揺れる。

そして、ユキはつかつかと俺に近寄って、俺の胸に人差し指を突きつけた。

「ゆ、ユキ？　どうしたの？」

「とぼけるんだ？　夏帆のこと、傷つけたのに」

「夏帆がなにか言ってたの？」

「夏帆は……今日の朝から、ずっと元気がなかったよ。ホントに落ち込んでるみたい。それで、理由を聞いたら、『昨日、晴人の部屋に行ったら、晴人に……』って、言いかけて、黙っちゃって」

「それ以上、何か聞いてない？」

「何も……言ってくれないの」

ユキはちょっと悲しそうに首を横に振った。

きっとユキからすれば、親友の夏帆には自分になんでも打ち明けてほしいんだろうな、と思う。

でも、夏帆だって、まさか水琴さんが俺の家にいるなんて話を言いふらしたりはしないだろう。

背の低いユキは俺を見上げた。

「アキくんが、夏帆になにかしたの？」

「なにかって？」

「それは……その、無理やり、エッチなこととか」

ユキは顔を赤らめて、そう言った。

俺が部屋に来た夏帆を押し倒すか何かして、いけないことをして、そのせいで夏帆が落ち込んでいる。

そうユキは誤解しているらしい。

俺も信用がないな、と思う。

「そんなことしてないよ」

「でも……夏帆の態度を見てたら、昨日、アキくんの家でなにかがあったのは間違いないよ」

「そうだね。でも、それをユキには話せない」

　ユキはちょっと傷ついた表情をした。

「友達の私に、話せないの？」

「ごめん」

「夏帆と仲良くなるのにも協力してあげてるのに」

「それなんだけど、もういいよ」

「え？　な、なんで？」

「俺のせいで、夏帆を傷つけてるんじゃないかって思ったんだよ」

「やっぱりアキくん、昨日、夏帆を傷つけるようなことをしたんだ？」

「ユキが想像しているようなことはなにもしていないよ。もし俺が夏帆を襲うようなやつだと思うなら、ユキはこの状況をもっと警戒するべきだ」

「え？」

　ユキはそう言って、あたりを見回した。

　暗くて狭い部屋に二人きり。

　誰も他の生徒はやってこない。扉は閉められている。

　もし俺がユキをどうこうしようと思ったら、小柄で非力なユキにはどうしようもない。

ユキは顔をもっと赤くした。

「で、でも、アキくんが好きなのは夏帆だし、だから、私になにかしようなんて……」

「ユキは真面目（まじめ）だからそう思うかもしれないけど、高校生の男子なんて、可愛い女子だったら誰でも襲いかねないよ」

「アキくんは……私のこと、可愛いと思うの？」

「？　そりゃ、まあね」

ユキは地味だけどけっこう可愛いと思う。

実際、俺の友人たちも、「桜井さん、いいよな」と言って、気軽にユキと話せる俺を羨（うらや）ましがっていた。

夏帆や、水琴さんほどではないかもしれないけれど。

……そんなふうに比較（ひかく）することは失礼だ。女子に内心を知られたら激怒（げきど）されるだろう。

俺は邪念（じゃねん）を追い払（はら）った。

ユキは「ふうん」とつぶやき、俺を見つめた。

それから、はっとした顔で慌てて続けた。

「と、とにかく、夏帆と仲直りしないと……だめなんだからね？　アキくんが勝手にもういいって言っても、許してあげない」

「どうしてユキは、そんなに俺と夏帆を仲直りさせたがるの？」

「だって、アキくんは夏帆のことが好きで、夏帆だって本当はきっとアキくんのことが好きなんだよ。素直（すなお）になれないだけで」

俺はそうは思っていなかった。

ユキは夏帆の親友だけど、夏帆の本心を理解できていないんじゃないだろうか。

そんなこと、口には出さないけれど。

「私はね……アキくんと一緒（いっしょ）にいる夏帆が好きなの。アキくんのこと、甘（あま）えた声で『晴人』って呼ぶ夏帆は可愛いもん。それに、アキくんに優しくされてる夏帆って、とっても幸せそう。私は、そういう夏帆を見ていたい」

「見ているだけでいいの？」

俺がそう聞くと、ユキは瞳を少し見開いた。

そして、力強くうなずいた。

「うん。見ているだけで幸せなの」

ユキは自分に言い聞かせるように、そう言った。

でも、本当だろうか。

ユキは本心を隠しているような、無理をした声をしていた。

ユキは幸せそうな夏帆を見ているだけで、満足なのだと言った。

それきり、ユキは黙ってしまった。

薄暗い生物準備室のなかで、俺とユキは二人きり。

見かねて、俺は尋ねた。

「話はおしまい？」

「……うん」

「じゃあ、帰るかな」

「あ、私も帰る」

「途中まで一緒に帰ろっか？」

「それは、夏帆に悪い気がする」

「なんで？」

「アキくんと二人きりで帰ったりしたら、夏帆は……」

「たぶん、夏帆は気にしないよ」

「そんなこと言っちゃだめだよ？」

そう言いつつも、結局、ユキは俺と帰ることに同意した。

ユキと俺も、もう中学以来の長い付き合いなのだ。

べつに一緒に帰るぐらい、なんてことはないと思う。

校庭には、部活動中の野球部の人間たちが散らばっていた。

俺は帰宅部だけど、ユキは演劇部に所属しているはずだ。

「ユキは部活ないの？」

「今日はお休みなんだ。大会も終わっちゃったし。次は市民会館を借りて劇をするんだけど……それも、まだ先だし」

「へえ。見に行くよ」

「ありがとう。夏帆と一緒に見に来てね」

ユキはそう言って微笑んだ。

俺たちは校門を出て、バスに乗った。

ユキと二人で話すのは久しぶりで、いろいろなことを話した。

中学のときのクラスメイトのこととか、高校の噂話とか、部活の愚痴とか。

そのなかでも、夏帆のことを話すとき、ユキは一番、楽しそうだった。

ユキは夏帆のことが大好きなんだろうな、と俺は思っていた。

本当は俺は邪魔者で、ユキは夏帆のことを独り占めしたいんじゃないだろうか。

俺はふっとそんなことを思った。

だったら、なおのこと、ユキに夏帆との仲直りを頼むなんて、そんなことやめておくべきだ。

普段は口数の少ないユキだけど、いつも二人で話すときは俺が聞き役だ。

ぽつりぽつりと話すユキに、俺が相づちを打ったり、関連する話題を提供したりする。

そういう感じだった。

バスと電車を乗り継いで、俺たちは最寄り駅で降りた。俺の家とユキの家は同じ方向で、それほど離れていない。

坂道を歩きながら、俺は言う。

「ユキはさ、偉いよね」

「私が偉い？」

「夏帆もけっこう優等生だけど、その夏帆よりもユキは成績も良いし。部活も頑張ってるし」

「そ、そう？」

「そういや、こないだの定期試験だって、学年で三位だったんだっけ？」

「……うん。でも……私なんて、ぜんぜん偉くないよ」

ユキはちょっと恥ずかしそうにそう言った。

謙虚（けんきょ）ないいやつだな、と俺はユキのことを思った。

俺は微笑（びしょう）して、ユキの頭をぽんぽんと撫（な）でた。

びっくりした顔をユキがして、顔を赤らめた。

「あ、アキくん。な、なにしてるの？」

「ごめん。嫌だった？」

「女の子のなかには子供扱（あつか）いされてるみたいで、嫌がる子も多いよ」

「ごめん。ついやっちゃって。二度としないよ」

「あ……私が嫌ってわけじゃなくて……その、そんなに気軽に女の子とスキンシップしちゃいけないってこと。それに、アキくんは好きな女の子がいるんでしょう？」

ユキは相変わらず顔を赤くしたまま、上目遣（うわめづか）いに俺を見た。

たしかに俺は夏帆のことが好きだけど、だからユキの頭を撫でるのも良くなかっただろうか。

俺だって、全然仲の良くない子の髪なんて撫でないけれど。

そんなことをすれば、変態扱いされる。

だけど、友達のユキだから、つい気を許してしまったのだ。

「悪かったよ」

「そういうのは夏帆にやってあげなよ。きっと……喜ぶよ？」

「そうかなあ」

少なくとも今の夏帆は受け入れてくれないだろう。

なら、水琴さんはどうだろう？

俺は水琴さんの頭を撫でている姿を想像し、ありえないかと思った。

相手は氷の女神様。男に頭を撫でられるなんて、そんなの拒絶するだろう。

でも、昨日の水琴さんの雰囲気なら、熱で弱っていたせいかもしれないけど、頭を撫でても怒られないかもしれないな、と思う。

なんで水琴さんのことを俺は考えているんだろう？

考え込んでいたら、ユキが俺の瞳をのぞき込んだ。

「どうしたの？」

「なんでもないよ」

俺は首を横に振って、歩き始めた。

半歩後ろを歩くユキが、声をかける。

「もしかして、夏帆と仲直りする方法、考えてるの？」

「いや……」

「私、頑張って二人が仲直りする方法を考えるから……だから、昨日、何があったか教えてくれない？」

俺は夏帆と仲直りする方法なんて考えていなかったし、ユキに昨日のことを教えるわけにもいかない。

どう答えたものか、と悩んでいたら、悩む必要がなくなった。

坂道の途中にある薬局の入口から、一人の少女が姿を現した。

それは水琴さんだった。ベージュ色のニットで暖かそうな私服を着ていて、その上に俺のコートを羽織っている。女の子らしい私服姿に俺はどきりとした。俺の貸したジャージを着ていても、水琴さんほどの美人なら可愛いのだけれど、でも、やっぱりちゃんとした服を着ているとなおさら可愛いんだなと改めて思う。

服はどこかで買ったのかな。それに他にも荷物を片手にぶら下げていた。

そう考えて、俺は首を横に振る。それより、このままだと水琴さんとユキが鉢合わせしてしまう！

でも、もう遅かった。

俺に気づいたのか、水琴さんがぱっと顔を輝かせた。

「秋原くん。遅かったね。待ちくたびれちゃって、一人で薬局に来ちゃったの。秋原くんのおかげでかなり体調も良くなったし」

嬉しそうに、そしてちょっと恥ずかしそうに水琴さんは早口で言った。

俺が返事をできずにフリーズしていると、水琴さんが可愛らしく首をかしげた。

「なんで固まってるの？　一緒に家に帰ろ？　もう夜ご飯も食べられそう。夜ご飯、何にする？」

水琴さんは楽しそうにそう言ったあと、俺の後ろのセーラー服のユキを見て、不思議そうな顔をした。

水琴さんはユキのことを知らない。

そして、ユキは俺とちょっと離れた位置を歩いていた。

だから、水琴さんはユキが俺の知り合いだとは思わなかったのだ。

まずい。

非常にまずい。

俺は仕方なく言った。

「水琴さん。こちらは俺の中学時代の同級生の桜井悠希乃」

それを聞いて、水琴さんはさあっと顔を青ざめさせた。

一方のユキもショックを受けたような顔をして、硬直した。

ユキは、ようやく口を開くと言った。

「どういうこと？　隣のクラスの水琴さん、だよね？　アキくんと一緒に家に帰って、夜ご飯も一緒に食べてるの……？」

「ええとね、ユキ……」

俺は言いよどんだ。

なんて、説明すればいい？

正直に一緒の家に住んでいるって言えばいいんだろうか。

水琴さんはどうしたいんだろう？

その水琴さんも固まってしまっていて、対応不能という感じだった。

俺が口を開くより先に、ユキが言った。

「ひどいよ……アキくん。水琴さんと付き合ってるんだ？　それで一緒の家に住んでるの？　エッチなこともきっと、いっぱいしたんだよね。夏帆はそれを昨日見て……傷ついたんだ」

「ご、誤解だよ」

俺は説明しようとして、うっと詰まった。

ユキが涙を流している。

涙目のユキが消え入るような声で言う。

「アキくんは……夏帆のことなんてどうでも良くなっちゃったの？」

「そんなわけないよ」

「アキくんの……裏切り者！」

「……あのさ、ユキ。夏帆は俺を受け入れてくれていないんだよ」

「でも、アキくんは夏帆のことが好きなんでしょう？　私は、アキくんと一緒にいる夏帆が好きで、夏帆と一緒にいるアキくんのことが好きだったのに。どうして水琴さんなの？　アキくんの隣にいるのが、夏帆じゃないんだったら……私でもいいじゃない！」

そうユキは叫んだあと、はっとした顔で口を押さえた。

ユキは涙をぬぐうと、顔を赤くしたまま、俺を睨みつけた。

「今の……忘れて、アキくん。私……アキくんのことなんか、大嫌いなんだから！」

ユキは逃げるようにして、その場から走り去った。

俺と水琴さんは呆然として顔を見合わせた。

水琴さんは整理が追いつかないという顔で、つぶやいた。

「つまり……桜井さんは秋原くんのことが好きってことよね」

水琴さんの言うとおりだ。

いくら俺が鈍くても、わかることはある。

ユキは俺のことが好き、ということらしい。

☆

俺と水琴さんはちょっと気まずい空気のなか、一緒に坂道を上っていった。

家への帰り道なのだけど、誰かに見られたらまずいことになるかもしれない。

さっきユキに誤解されたように。

坂道の途中で水琴さんがくるりとこちらを振り返った。

コートの裾がふわりと揺れて、水琴さんの綺麗な白い足がちらりと見えた。

「秋原くんって、けっこうモテるんだ?」

「そうかな……」

「だって、さっきのを見たら、そう思っちゃう」

さっきの、というのは、友人のユキが俺のことを好きというようなことを口走って、去っていったことだ。

正直、ユキが俺のことを好きなんて、考えたこともなかった。

ユキはいつも熱心に俺と夏帆の仲を取り持とうとしていた。

俺が告白に失敗したときは、まるで自分のことのように落ち込んでくれた。

あれはなんだったんだろう？

俺はうーん、とうなった。

「ユキが俺を好きになった理由がわからない」

「秋原くんが優しいから。違う？」

「優しいだけで人は人を好きになるかな」

「わたしは優しい人のことが好きだよ。だからね、秋原くんが女の子から好かれる理由が、わたしにもわかる気がする」

水琴さんは微笑んでそう言った。

でも、俺は優しくもないし、女子に好かれる理由もないと思う。

夏帆もユキも、結果的に俺のせいで傷ついていた。

全部、俺が悪いのかもしれない。

俺はどうすればいいんだろう？

ぐるぐると思考が回り、考えがまとまらない。

そんな俺の目を、水琴さんが心配そうにのぞき込んだ。

「秋原くん。大丈夫？」

「なにが?」

「すごく思いつめた顔をしてるよ」

「そうかな?」

「うん。……昨日の佐々木さんも、今日の桜井さんも、ひどいよね。秋原くんの話を聞かないで、秋原くんを困らせて」

「あの二人は悪くないよ。たぶん、一番悪いのは俺だ」

「そうやって自分を責めるのが、一番良くないよ」

水琴さんは俺のことを案じるように言った。

なんだか、水琴さんは俺のことを気遣ってくれているみたいだ。

最初に会ったときには、こんなふうに水琴さんが俺のことを心配してくれるなんて、考えられなかった。

「……今日の水琴さんは、なんだか優しいね」

「そ、そう?」

「そう。いつもこういう感じだと俺は嬉しいんだけど」

「こういう感じだと、秋原くんは嬉しいんだ?」

「そうそう。借りを作りたくないとか、人に迷惑をかけないとか、そんなこと気にしなくていいからさ。ただ、こういう感じに、普通に俺に接してくれれば、それでいいよ」

「……わたし、普通に人と関わるっていうのが、よくわからないの」

「どういう意味？」

「わたし……その……あんまり友達もいなかったし、家族も……いないようなものだし……。だからね。普通に人と接するっていうのが、具体的にどんなふうにすればいいのか、わからないの」

水琴さんは恥ずかしそうにそう言った。

氷の女神様は、学園のあこがれの的で、とてつもない美少女で、成績も学年二位になるぐらい抜群に優秀だ。

そして、詳細はよくわからないけど、複雑な事情を抱えているみたいだ。

だけど、そういった外側を取り去れば、水琴さんは普通の女の子なんだな、と俺はそのとき思った。

水琴さんは俺を見つめた。

「だいたい、わたしと秋原くんの関係ってなんなの？　佐々木さんは秋原くんの幼馴染で、桜井さんは秋原くんの友達。なら、わたしは？」

「それが『普通の接し方』と関係ある？」

「もちろん。だって、友達だったら、友達らしい『普通』の接し方があるし、親子だったら親と子の普通の接し方があるもの。……もし、恋人だとすれば、恋人同士の『普通』の接し方もあると思う。でも、わたしたち、どれでもない」

「はとこ。クラスメイト。それじゃ駄目かな？」

「……どっちも正しいけど、でも、どっちも違う気がする」

「なら、水琴さんの好きなようにしてくれればいいよ」

「え？」

「水琴さんがしたいようにするのが、俺への普通の関わり方だ。貸し借りだとか義務とか正しさとか、そういうのは抜きにして、水琴さんが望むようにすればいい」

「わたしの……望み？」

「そうそう。考えておいてよ」

べつに俺のことならそっけなくあしらってくれてもいいし、「最低っ」と罵ってくれてもいい。

ただ、借りを作りたくないとか、迷惑をかけたくないとか、馴れ合いが嫌いだとか、そんな言い訳で、人を拒絶してほしくはなかった。

余計なお世話なのかもしれないけど、それはたぶん、水琴さんの本心じゃない。

本当の水琴さんは、ただ、臆病(おくびょう)なだけなのではないかと俺は思っていた。

「わたしのしたいように、か。……うん。考えてみる」

水琴さんは小さくつぶやいた。

そして、俺をじっと見た。

「秋原くん」

「なに？」

「さっきも聞いたけど……夜ご飯、何にする？」

「水琴さんの望みどおりでいいよ」

俺は微笑した。

こないだまでは俺の料理を二度と食べないと言っていたのに、今は水琴さんのほうから、こうして献立(こんだて)を聞いてくれる。

こういう感じのほうが、ずっと同居人としてはやりやすい。

夏帆のことも、ユキのことも考えないといけないけど、とりあえず、いまは今日の夜ご飯のことを考えよう。

水琴さんは頬(ほお)を染めて、小さく言った。

「カレーがいいな」

☆

水琴さんは夜ご飯にカレーが食べたいと言ったけれど、よく考えたら、水琴さんは病み上がりだった。

まさか激辛インドカレーを食べさせるというわけにもいかないけど、それでも水琴さんはカレーライスが食べたいと言うので、だいぶ甘口のカレーを作ることにした。

水琴さんはカレーを一口食べて、言った。

「こんなに甘口だと、やっぱり、子ども扱いされている気がする……」

「甘口でもいいから作って、って言われたから作ったのに。口に合わなかった？」

俺が笑いながら言うと、水琴さんは慌てて首を横に振った。

「ううん。そんなことない。おいしいよ。それに、もともと、わたし、すごく辛いのは得意じゃないし」

「それはなにより」

食器の片付けは水琴さんがやると言い張ったけど、結局、俺がやることにした。

熱が下がったとはいえ、病み上がりの人間に疲れることをやらせるべきじゃない。

水琴さんはしぶしぶ俺の言うことを聞き、大人しく食卓で足をぶらぶらさせていた。

そして、ふと思いついたように水琴さんが俺に尋ねた。

「秋原くんって兄弟はいないの？」

「いないよ。まあ、雨音姉さんが姉みたいなものだったけどね」

俺は二人分の食器を洗いながら答えた。

以前は従姉の雨音姉さんもこの家に住んでいたから、その分の食器も洗っていたけれど、最近はずっと一人分の食器しか洗っていなかった。

だから、水琴さんが来たことで元の状態に戻ったと言えなくもない。

「そういう水琴さんは、兄弟は……」

俺は尋ねかけて、途中で言葉を止めた。

あまり水琴さんは家族のことを語りたがらないようだったし、もともと住んでいた遠見家の屋敷も追い出されてきたらしい。

事情はわからないけど、聞かないほうが良さそうだ、と思ったのだ。

けれど、水琴さんは淡々と言った。

「べつに気をつかわなくていいよ。兄弟なら何人かいるけど、一番年が近いのは、一つ下の妹かな」

「へえ」

「姉と妹といっても、半分だけだけどね」

「半分だけ?」

「父親は同じだけど、母親が違うの。いわゆる『腹違い』ね」

「ああ、なるほど」

そういうことか。

なんとなく、遠見家のお嬢様でありながら、水琴さんの名字が「遠見」でない理由も察しがついた。

水琴さんが「水琴」という姓なのは、きっと母親のほうの名字を使っているんだろう。それがなぜかというところまではわからないし、俺もそこに踏み込むつもりはなかった。

水琴さんが静かに言う。

「秋原くんは、雨音さんと仲が良かったんだよね?」

「まあ、良かったとは思うよ。いつも雨音姉さんには振り回されてばかりだったけどね」

雨音姉さんは俺より五つも年上で、だから、俺は全然、雨音姉さんに逆らうことができなかった。

代わりに、雨音姉さんにはずいぶんと可愛がってもらったと思う。

雨音姉さんが両親をなくしたとき、俺は小学五年生で、雨音姉さんは高校一年生だった。

まるで失ったものの代償を求めるように、雨音姉さんは俺のことをかまった。

釣りに出かけるときも、図書館に行くときも、映画を見に行くときも、雨音姉さんは俺を連れて行った。

その雨音姉さんも、今では遠く離れた外国にいる。

水琴さんは寂しそうに言った。

「雨音さんは秋原くんの従姉だから、四分の一だけお姉さんってことよね。でも、仲がいいんだ。羨ましい」

四分の一？

しばらく考えて俺はわかった。

普通の兄弟を一とすると、従姉弟はそれぞれの片方の親が兄弟だから、二分の一の二乗で、四分の一だけ姉弟だという計算になる。

「わたしの妹は二分の一だけ妹で、そして、わたしのことをすごく嫌ってる」

俺はやっぱり踏み込んで事情を尋ねるべきか迷い、結局、何も尋ねなかった。

その勇気がなかったのだ。

代わりに俺は言った。

「その計算で言うと、水琴さんは十六分の一だけ俺の妹だってことになるね」

「え?」

「俺と水琴さんははとこだから。祖父母の誰かが兄弟で、だから、十六分の一」

「そっか。そうなるんだ」

そうつぶやいたあと、水琴さんは不満そうに頬を膨らませた。

「なんでわたしが妹なの?」

「いや、なんとなく」

「十六分の一だけ、わたしがお姉さんなんだから」

「水琴さん。誕生日はいつ?」

「一月の、十一日だけど」

「俺は九月九日だ」

俺の勝ちだ。

俺は思わず笑みを浮かべた。

いや、べつに勝ち負けなんてないんだけど。

水琴さんが愕然とした表情で言う。

「わたしが……妹?」

「十六分の一だけね」

　俺が笑いながら言うと、水琴さんはうーっと悔(くや)しそうに俺を見つめ、しばらくしてくすくす笑い出した。

「そっか。秋原くんは十六分の一だけ、わたしのお兄さんなんだ。お兄ちゃんって呼んであげよっか？」

「それは恥ずかしいからやめておこう」

「は……晴人お兄ちゃん……みたいな、こんな感じ？」

　水琴さんはだいぶ恥ずかしそうに、消え入るような声でそう言った。

　恥ずかしいなら、やらなければいいのに。

　俺は頭をぽりぽりかきながら、目をそらして言った。

「悪くないんじゃないかな」

「秋原くん、恥ずかしがってる」

「そっちこそ」

「わたし……仲の良い兄弟って憧(あこが)れてたんだ」

「そうなんだ」

　俺は水琴さんの言葉の意味を考えた。

水琴さんは、住んでいたお屋敷にいられなくなって、妹とは険悪な仲だという。

きっと、仲の良い家族はいなかったんだと思う。

水琴さんは、自分と俺の関係は何なのか、と尋ねた。

それは俺にもよくわからない。

けど、俺は、この瞬間(しゅんかん)だけは、水琴さんの家族の代わりになるべきなのかもしれない。

水琴さんは、そう望んでいるような気がした。

俺は言った。

「……もう一度、呼んでみる?」

水琴さんは目を見開いて、嬉しそうに目を細めた。

「秋原くん、わたしにお兄ちゃんって呼ばれたいの? 変なの」

「水琴さんが言い出したことだよ」

「いいよ。秋原くんがそうしてほしいなら、もう一回だけ、お兄ちゃんって呼んであげる」

水琴さんは俺を見つめ、俺は水琴さんを見つめた。

なんだか気恥(きは)ずかしい。

しばらく俺たちは黙(だま)ったままだった。

やっと決心がついたのか、水琴さんは口を開いた。

水琴さんは顔を赤くしながら、柔らかく微笑み、言った。

「明日も、よろしくね。晴人お兄ちゃん」

第六話　女神様と女友達は、晴人をめぐって修羅場になる

chapter.6

俺が食器を洗い終わると、俺たちはそれぞれの部屋に戻り、思い思いに時間を使った。

ふと俺は思い立って、台所に戻り、明日のための用意をする。

あとは推理小説を読んだり……夏帆とユキのことを考えたりしていたら、いつのまにかけっこう遅い時間になっていた。

それから順番に風呂に入って、歯を磨いて、布団を敷いて。

そんなふうに俺と水琴さんは当たり前のことのように、その日の夜を過ごした。

次の日の朝、俺はちょっと早めに起きて、部屋でぼんやりしていた。

七時頃になると、目覚まし時計が隣の部屋で鳴った。

水琴さんも目を覚ましたようで、俺の部屋にやってくる。

一番奥の水琴さんの部屋から洗面所や食卓へ行くには、どうしても俺の部屋を通らないといけない。

そういう間取りになっている。

水琴さんは子どもっぽい感じのピンク色の寝間着を着たままで、眠そうに目をこすっていた。寝間着姿の美少女に俺はどきどきしつつ、そういえば寝間着もいつのまにか用意したんだなと思う。ジャージ姿より寝間着を着ている方が、女の子が同じ屋根の下にいるということを実感させられる。

「おはよ、秋原くん」

水琴さんは学校では冷たい美しさを見せているけれど、でも、今は無防備に青い瞳でぼんやりと俺を見つめていて、可愛らしい感じだった。

俺は試しに、からかうように言ってみた。

「晴人お兄ちゃん、とはもう呼ばないんだ？」

「……っ！　あれは昨日限定なんだから！」

そう言って、水琴さんは顔を真っ赤にした。

引き戸の向こうにちらりと水琴さんの部屋が見えた。

何着か私服を買ったみたいで、服掛けにかけられている。

水琴さんは俺の視線に気づき、慌てて引き戸を閉めた。

「恥ずかしいから見ないでよ」

「ごめん。えっと……」

「服は昨日買ったの。に、似合っているといいんだけど……」

恥ずかしそうに水琴さんは言った。

いよいよ、本格的に水琴さんが俺の家の住人になったという感じがする。

俺は微笑した。

「改めて、おはよう。水琴さん」

「うん。おはよう。秋原くん」

「さて、水琴さん。朝食、フレンチトーストにするつもりなんだけど、それでいい？」

ぱっと水琴さんが顔を輝かせた。

この反応なら、それで問題なさそうだ。

「じゃあ、今から作るから。水琴さんは待っててくれればいいよ」

俺の言葉を聞いて、水琴さんは自分の顔がほころんでいたことに気づいたのか、慌てて言った。

「わたし、食べたいなんて言ってない」

「食べたくない？」

「そういうわけじゃないけど……でも、わたし、なんだか秋原くんに甘(あま)やかされてる気がする。やっぱり子ども扱いしてない？」

「子ども扱いされるのは嫌？」

俺が笑いながら聞くと、水琴さんは青い瞳を意外そうに開いて、それから真剣に考えこんだ。

単なる冗談なんだから、そんな真面目に考えることじゃないと思うけど。

やがて水琴さんは答えた。

「嫌だけど……嫌じゃないかも」

てっきり、子ども扱いされるなんて絶対嫌、という返事が返ってくると思っていたので、俺は拍子抜けした。

氷の女神様の考えていることはよくわからない。

「とりあえず、フレンチトーストは食べたいかな。ほんとに作ってくれるの？」

「もちろん」

俺はうなずくと、台所へ行って、隅にある冷蔵庫の扉を開いた。

食パンは前日に卵液にひたしておいてある。

卵四つ分のたっぷりの卵液には、牛乳と砂糖だけでなくバニラエッセンスも加えてあって、それが半日かけてしっかりとパンに染み込んでいる。

俺はフライパンにバターを引くと、卵液にひたされたパンを焼き始めた。

おいしくふっくらとした仕上がりにするコツは、弱火でじっくり時間をかけて、両面ともにしっかりと焼くことだ。

さいわい、学校の開始時間まではまだかなり余裕がある。

しばらくして俺はフライパンのふたを開け、二人分の皿にフレンチトーストを取り分けて、食卓に置いた。

これだけだと野菜がとれないので、サラダもささっと用意して、あと飲み物として牛乳を用意する。

水琴さんは食卓にもう座っていて、上目遣いに俺を見つめた、その後、水琴さんはフレンチトーストを眺めた。

「食べていいの？」

「もちろん」

「……いただきます」

黄金色のフレンチトーストは、ところどころに茶色の焦げ目がついていて、厚めに切られた食パンは重厚感を出している。

水琴さんはそれをフォークで口へと運んだ。

瞬間、水琴さんは頬を緩ませ、青い瞳を輝かせた。

「……おいしい。柔らかくて、ちょうどいい甘さで……ほんとにおいしい」

「それは良かったよ。雨音姉さんがいた頃はよく作ってたんだけどね」

「雨音さんが羨ましいな。今までで食べた朝ごはんのなかで一番、おいしいかも」

「おおげさな。あっちのお屋敷ではもっと豪華な朝食が出ていたんじゃない？」

「そうね。遠見の屋敷では、有名フランス料理店出身だっていう専属料理人もいたし」

俺は感心した。

さすが巨大企業グループを運営する一族だけあって、遠見家はやっぱり世間とはかけ離れた贅沢な生活を送っているらしい。

水琴さんは不思議そうに首をかしげた。

「でも……秋原くんの作る料理のほうがおいしく感じるのはなんでなんだろう？」

つぶやきとともに、水琴さんはじっと俺を見つめた。

そう聞かれても、俺には水琴さんの好みや内心なんてわからない。

でも、そんなにおいしいと思ってくれているなら、光栄だ。

水琴さんは朝食をすませると、「ありがと」と頬を染めて言った。

そして、水琴さんは食卓を離れると、自分の部屋にこもった。

たぶん、着替えをしているんだろうな、と思う。

俺は食卓の上の小型のテレビをつけ、ぼんやりとニュースを眺めた。

ちょうど遠見グループのことが話題に上がっていて、主に小売事業の不振による業績の急激な悪化が報じられていた。

責任をとって、社長も交代するのだという。

ただ、会長はずっと前から遠見総一朗という人物のままだった。

遠見本家の当主だ。

おそらく水琴さんの祖父で、そして、俺の大伯父にあたる人物だ。

遠見会長もテレビの記者会見で映っている。

白髪白髭の厳格そうな老人だった。

俺はリモコンでテレビの電源を切った。

ほぼ同時に黒いセーラー服姿の水琴さんが現れる。

銀色の髪に青い瞳という外国風の美しい容姿と、いかにも日本の女子高生らしいセーラー服という組み合わせは、やっぱりすごく印象的だ。

みんなが水琴さんのことを女神様と呼びたくなる気持ちもわかる。

それに、水琴さんは風邪で休んでいたあいだは私服だったから、セーラー服姿を見るとちょっと新鮮に感じる。

「わたし、先に学校に行くから」

「俺もそろそろ出るけどね」

「わたしと秋原くんが家から一緒に登校したら、まずいでしょ。誰かに見られたら、誤解されちゃうし……秋原くんに迷惑をかけちゃう」

「まあ、俺の迷惑なんて気にしなくていいけど、でも、たしかに一緒に行くのは避けたほうが良いかもね」

ただでさえ、水琴さんは人とあまり関わらないのに、俺と一緒に登校していたら、それだけで目立ってしまう。

同じ家に住んでいるということがバレなくても、変な噂になることは間違いなしだ。

水琴さんは俺をちらりと見ると、ちょっと立ち止まってから、「また後でね」とつぶやいて微笑んだ。

そして、スニーカーを履いて、扉から出ていった。

水琴さんの配慮を無駄にしないように、少し間を置いて行こう。

ちょっとパソコンを触ってから行くぐらいの時間はありそうだ。

俺はそんなことを考えた。

でも、俺と水琴さんの関係が学校で噂にならないように、という配慮は結果的に無駄となった。

☆

教科書がぎっしり詰まった重いリュックサックを背負い、俺は朝の教室の入口の前に立った。

早めに来たから一時間目の開始まで二十分ぐらいあるけど、今日もいつもどおりの退屈な授業が始まるのを待つだけだ。

俺はそう思っていたが、扉を開くと、なんだかいつもと違う空気を感じた。

窓際の一番うしろの席に、人だかりができている。

クラスメイトのかなりの数が集まっていて、離れた席に座っている生徒もそちらに注目していた。

そこは水琴さんの席だった。

多くのクラスメイトに取り囲まれて、水琴さんは困った顔をしていた。

水琴さんは人付き合いをあまりしないから、珍しい光景だ。

俺は入口で立ち止まった。

あたりを見ると、クラス委員長の橋本さんが近くの席でにやにやしている。

さっぱりした性格の女子で、背が高くどこにいてもよく目立つ。

口数も多くて交友も広く、わりと話しやすいタイプで、俺とも仲は悪くなかった。

俺は橋本さんに尋ねた。

「おはよう、橋本さん。あれ、どうなってんの？」

橋本さんは俺に気づくと、にやりと笑った。

「お、秋原じゃん。よく来たね。みんな、待っていたんだ」

橋本さんはわざとらしく手を広げ、声を張り上げた。

その言葉と同時にクラスメイトたちが一斉にこちらを向く。

ほとんどがもの珍しそうな好奇心からくる視線だったけど、なかには悪意のある鋭い視線も混じっているように感じた。

橋本さんは愉快そうに言った。

「秋原って、あの女神様と同棲してるんだって？」

「同棲⁉」

俺はぎょっとした。

誰がそんなことを言ったのか。

俺が水琴さんのほうを見ると、水琴さんと目があった。

助けて、というように、水琴さんは青い瞳で俺に訴えかけた。

どういうわけか知らないけれど、俺と水琴さんが同じ家に住んでいることはバレてしまっているらしい。

それはいまさらどうしようもないけれど、でも、「同棲」という誤解はまずい。

俺はなるべく落ち着いた表情を作って言った。

「誰が同棲してるなんて言ってたの？」

「心当たりはあるんじゃない？」

橋本さんは俺の心を見透かすように言った。

心当たりがあるとすれば、夏帆かユキのどちらかが、秘密をもらした可能性だ。

俺は肩をすくめた。

「俺と水琴さんはたしかに同じ家に住んでいるよ」

おお、とクラスメイトたちがどよめいた。

そして、俺はちょっとだけ間を置いた。

十分に注意を引いてから、俺は続きを言った。

「でも、俺と水琴さんはただの親戚で、だから、水琴さんがうちに下宿しているっていうのが正しいかな」

「そんなこと言って、秋原は女神様と付き合ってるんでしょ？」

橋本さんは俺の言い分を聞かずに言った。

そうだそうだ、と言わんばかりに他のクラスメイトたちもうなずいた。

困った。

橋本さんもクラスメイトたちも、みんな俺と水琴さんが付き合っていて、そして同棲していることにしたいらしい。

みんな暇(ひま)なのだ。

噂話(うわさばなし)には目がない。

俺はともかく、水琴さんは学園の女神様で、そして、今まで誰も寄せ付けない孤高(ここう)の人だった。

そんな人に浮いた話があって、しかもクラスメイトの男と同じ家に住んでいるなんて、みんな格好の暇つぶしの種にしたがるだろう。

俺はため息をついた。

「あのさ、橋本さん。水琴さんみたいな美人で完璧超人(かんぺきちょうじん)の子がさ、俺のことを好きになると思う？」

「そうかなあ。水琴さんが美人ですごいのはそうだと思うけどさ。秋原だって悪くないと思うよ」

「そう言ってくれるのは嬉しいけれど……でも、俺と水琴さんじゃ釣り合わないよ」

俺は冷や汗をかきながら言う。

俺と水琴さんが釣り合うわけもないし、付き合っているわけもない……と、みんなに思ってもらうように誘導しよう。

でも、橋本さんは首をかしげる。

「うちが水琴さんだったら、秋原に告白されたら悪い気はしないな。カッコいいし、優しいし、OKしちゃうかも」

冗談めかして橋本さんは言う。

意外な言葉だったので、俺は言葉を失った。考えてみれば、肝心の夏帆にこそ振られているけど、ユキも俺のことを好きだと言っていたわけで。

面白がるように、橋本さんはくすっと笑って、俺の目を覗き込む。

「秋原ってモテそうだもの。水琴さんが好きになってもおかしくないと思うな」

それは……どうなんだろう？　水琴さんが俺を好きになるかどうかなんて、考えたこともなかった。そういえば、水琴さんも「秋原くんが女の子から好かれる理由が、わたしにもわかる気がする」って言ってくれていたっけ……。

橋本さんが近くにいる小柄な女子生徒をつかまえて、尋ねる。

「ねえ、莉子はどう思う？」

「え!?」

その子はきょとんとした表情で俺と水琴さんと橋本さんを見比べる。

橋本さんと仲の良いクラスメイトの久留島莉子さんだ。真面目でおとなしいタイプで、いつも橋本さんに振り回されている印象がある。

今回も橋本さんの無茶振りに付き合わされて、ちょっと気の毒だ。

でも、意外なことに、久留島さんはそれほど困った様子もなく、すぐに答えた。

「わ、わたしも秋原くんに告白されたら、嬉しいかも」

そう言って、久留島さんは白い頬を赤くして、俺を上目遣いに見た。俺がびっくりして、久留島さんをまじまじと見つめると、久留島さんは恥ずかしそうに目をそらした。

橋本さんはえへんと胸を張る。

「ほらね、うちの言ったとおりでしょう？　ここで、女神様の意見も聞いてみよう！　ぶっちゃけさ、秋原のこと、どう思う？」

「え、ええっと……」

水琴さんは困ったように青い目を宙にさまよわせ、頬を少し赤くしていた。けれど、やがて、覚悟を決めたように、はっきりとした声で言った。

「わたしも、秋原くんは優しいいし、カッコいいと思う。秋原くんのことを好きになる女の子はたくさんいると思うな。わたしは女神なんかじゃないし……秋原くんには迷惑をかけてばかりだし……釣り合わないのなら、それはわたしの方だよ。わたしは秋原くんに優しくされる価値なんてないの」

教室はしんと静まり返った。

俺は天を仰いだ。これでみんなの誤解はますます強まったと思う。

そういう意味では困ったことになった。水琴さんがみんなの前で、俺のことを優しいとかカッコいいと言ってくれるのは……素直に嬉しかった。

夏帆に振られてから、俺はたしかに自分のことを信じられなくなっていた。子どものころから仲が良くて、両思いだと信じていた幼馴染に振られたんだから、他の誰にとっても俺のことなんて無価値だと思っていた。

でも、今、目の前の水琴さんは、俺を肯定してくれている。

その場の沈黙を破ったのは、やはり橋本さんだった。

「それって、つまり女神様は秋原のことが好きってことだよね？」

橋本さんはますます愉快そうに、人差し指を立ててくすりと笑った。

「二人はやっぱり付き合っているんだ？　告白したのは、女神様からなの？　ううん、きっとそうだよね」

橋本さんはにこにこしながら、水琴さんの肩を叩いた。

たしかに、さっきの水琴さんの発言は、誤解を与えかねないものだった。

まるで、水琴さんが俺のことを好きかのようにクラスメイトたちを勘違いさせてしまう。

びくっと水琴さんが震える。

それにかまわず、橋本さんはじーっと水琴さんを見つめた。

「女神様、なんかいつもと雰囲気も違うしさ、本当に秋原のことが好きなんだね」

「べ、べつにわたしが秋原くんのことが好きってわけじゃなくて。秋原くんがわたしのことを好きなんてありえないから、だから、付き合ってるなんて、そんなことないって言いたかったの」

「そんな嘘をつかなくていいよ。やっぱり二人は付き合ってるんでしょ？」

「わたしは、秋原くんのただの遠縁の親戚だから……それだけなの」

「でも、一つ屋根の下に住んでたらさ、それだけってこともないんじゃない？　秋原に変なこと、されそうになったりしなかった？」

「秋原くんはそんなことしたりしない！」

と水琴さんは反射的に答えた。

けど、正直なところ、俺からすれば、裸の水琴さんの身体を拭いたりとか、やましいことだらけだった。

橋本さんはにやりと笑った。

「男嫌いなのに、秋原のことは信頼してるんだ？」

「そういうわけじゃなくて……。ううん、そうだね。わたしは秋原くんのこと、信頼してる」

「ほら、やっぱり秋原のこと、好きなんだ？」

「……それは違うの」

「正直になりなよ、女神様。水琴さんさ、恋する乙女って顔してるよ？」

「え？」

水琴さんはそう言われて、みるみる顔を真っ赤にした。

みんながじーっと水琴さんを見つめた。

「ね、どうなの？　秋原のこと、好きなの？　女神様！」

橋本さんは後ろ手を組んで、水琴さんにぐいっと顔を近づけた。

回答の拒否は許さない。

そういう感じだ。

「もし女神様が秋原と付き合っていないなら、うちか莉子が秋原くんのことをとっちゃうけど、それでもいいの？」

橋本さんはからかうように言う。

完全に困りきったのか、水琴さんは首をふるふると横に振っていて、口をパクパクさせていた。

しかも、ちょっと涙目になっている。

さすがに水琴さんが可哀想だ。

ここで助け舟を出せば、ますます誤解されるかもしれないけど。

でも、泣きそうになっている水琴さんを放っておくよりは、同棲してるとか言われたほうがマシだ。

俺は水琴さんの手をとった。

ちょっと気恥ずかしいけれど、この場から水琴さんを連れ出すという明確な意思表示が必要だ。

少し水琴さんは震え、俺を上目遣いに見つめた。

「水琴さん。ちょっと外で話さない？」

こくこくと水琴さんは首を縦に振った。

いったん教室の外へ逃亡して、ついでに善後策を練ることにしよう。

橋本さんが目を輝かせた。

「これから授業だっていうのにデート？　いいね！　あ、でも一時間目の授業をサボったりしたらダメだよ。うちも一応クラスの委員長だしさ？」

「はいはい。デートじゃなくて、この誤解をどうやって解くかを話し合うんだよ」

「ふうん。……じゃ、二人とも仲良くね」

橋本さんはにやにやしながら、ひらひらと手をふった。

これ以上、何を言っても火に油を注ぐだけな気がする。

俺は水琴さんを振り返った。

「行こう」

「うん」

水琴さんはうなずいて、俺の手をぎゅっと握り返した。

そして、席を立って、窓際の席から教室の入口へと進む。

途中に、夏帆が立っていた。

夏帆は黒い瞳で俺を見つめる。

まるで俺が立ち止まることを期待するかのように。

でも、俺は夏帆を見返したけど、立ち止まりはしなかった。

今は水琴さんをここから連れ出すのが優先だ。

廊下(ろうか)に出た後、人が来ないところはどこかと考えた。

生物準備室にしよう。

こないだユキに連れれて行かれたところだ。

あそこなら、近くて静かだし、ちょうどいい。

暗い雰囲気の部屋だが、デートというわけでもないし。

俺は水琴さんの手を引き、水琴さんは素直についてきた。

廊下で登校してきた生徒たちとすれ違うけど、その視線が痛い。

俺は水琴さんに言った。

「そろそろ手を離してもいいよ」

「あ……」

「ますます誤解されちゃうし」

「そうだよね。秋原くんに迷惑をかけちゃう」

「べつに俺はそんなに迷惑なんてかかってないし、それはそんなに気にしなくていいよ」

「……そ、それなら、もう少しこのままでもいい？」

「え？」

「秋原くんの手、温かくて気持ちいいなって」

水琴さんは小さな声で言い、青い瞳で俺を見つめた。

そんなふうに言われると、なんだか俺も気恥ずかしい。

結局、俺と水琴さんは手をつないだまま、生物準備室に入った。

薄暗くて、細長く狭い部屋だ。

茶色の棚には薬品や動物の模型のようなものが大量に並んでいる。

「水琴さん。扉、閉めてもらっても大丈夫？」

「うん」

水琴さんはうなずくと、つないだ手をじっと見つめて、そのあと手を離した。

そして、そっと部屋の扉を閉めた。

俺たちは立ったまま、向かい合った。

水琴さんがうつむいて言う。

「ごめん。わたしのせいで秋原くんを困らせちゃった。わたしたち、付き合ってもいないのに、クラスのみんなにいろいろ言われたし。……佐々木さんや桜井さんとのことだって、よく考えたら、わたしさえいなければ、きっと何も起きなかったのに」

「さっきも言ったけど、そんなの気にしなくていいよ。クラスのみんなも噂話が好きなだけだし。夏帆とユキの件は、悪いのはぜんぶ俺だよ」

「本当に、そう思ってくれてる？」

「嘘なんかつかないよ」

「わたしもね、秋原くんとなら、誤解されてもいいって、いま思ったの」

水琴さんは視線をそらしたまま、言った。

誤解されてもいい、というのは、俺と付き合ってるとか同棲してるとか、ほかのみんなに思われてもいいんだろうか。

水琴さんがそっと俺に近寄った。

そして、水琴さんは自分の手に目を落とし、それから何かを決意したように、まっすぐに俺を見つめた。

「秋原くんが迷惑じゃないなら……わたし、橋本さんに、秋原くんのことを好きって言っても良かったなって」

「え？」

「わたしたち、付き合ってるってことにしない？」

「ええと、それはどういうこと？」

本当に水琴さんに告白されるのか、と思って、俺はうろたえて一歩後ずさり、床に転がっていたダンボール箱に足をひっかけそうになった。

どうしよう。

もし水琴さんに告白されたら、俺はどうすればいいんだろう？

夏帆のことが頭に浮かぶ。

なぜか、想像のなかの夏帆は俺のことを責めるように見つめていた。

けれど、次の水琴さんの言葉は、俺が予想したものと全然違った。

水琴さんは胸に手をあてて、そして顔を真っ赤にして俺にこう提案した。

「わたしが言いたいのは、つまりね、わたしと秋原くんが恋人同士のフリをしようってこと」

女神様は俺と恋人同士を偽装するという。

てっきり、雰囲気的に告白されるのかと思っていた俺は、拍子抜けした。

俺はくすっと笑った。

「こないだは兄妹ごっこをして、今度は恋人のフリ？」

「あ、遊びでやろうってわけじゃなくて、……クラスであれだけ噂になってたら、付き合ってるってことを否定するほうが大変だと思うの。だったら、最初から、わたしたち、付き合っているってことにしてしまわない？」

水琴さんの提案はいちおう理解できるものだった。

なるほど。

逆転の発想だ。

誤解を解くのではなくて、誤解されたままでもいいや、と思うわけだ。

そして、俺は自分のことをちょっと恥ずかしく思った。

何も俺は成長していない。

俺は夏帆に異性として好意をもたれているとずっと一人で思い込んでいた。

でも、そんなことはなかった。

ユキが俺のことを好きだということにも、ずっと気づかなかった。

そして、いま、水琴さんがもしかして俺のことを好きなんじゃないかと、一瞬だけ勘違いした。

また、同じ失敗をするところだった。

ともかく、水琴さんが俺のことを好きなんて、やっぱりありえないのだ。

肝に銘じておく必要がある。

それにしても、水琴さんの提案にはいくつか問題がある。

俺はぼやいた。

「夏帆が何て言うかなあ」

あっ、という顔を水琴さんはした。

まったくそのことに思い当たっていなかったらしい。

「そうだよね……。秋原くんは、佐々木さんのことが好きだったんだよね」

「ああ、うん」

「いまでも、佐々木さんと付き合いたいって思ってる？」

「それは……そうだね。もし夏帆が俺を受け入れてくれるなら、それは嬉しいと思う」

「そっか」

水琴さんは目を伏せて、ちょっと暗い声でつぶやいた。

たしかに、今でも俺は夏帆のことが好きだ。

だから、その意味でいえば、俺が水琴さんと付き合っているという誤解はまずいといえば、まずい。

夏帆と付き合えるという可能性がなくなってしまう。

まあ、もともと０．０００１だった可能性がまったくのゼロになってしまうというだけだけど。

それに、ユキのこともある。

ユキが俺に告白したというわけではない。

でも、俺と水琴さんが一緒にいるところを見たユキは、傷ついた表情をして、そして、俺の隣にいるのが、なぜ自分では駄目なのか、と言っていた。

水琴さんも言っていたとおり、ユキは俺のことが好きということらしい。

そんな状況なのに、ユキのことをどうするか決めないまま、水琴さんと彼氏彼女だと偽装するというのは、誠実さを欠くと思う。

俺がそう言うと、水琴さんはしょんぼりとした。

「やっぱり、わたしが秋原くんと付き合っているなんて言ったら、迷惑ってことだよね」

「そういうわけじゃないけど……」

そのとき、生物準備室の片隅からごとり、と物音がした。

なんだろう？

もしかして、誰かいるんだろうか？

この狭い部屋のなかに？

俺は部屋を見回して、気づいた。

なにやら白い布のようなものがかかった荷物が、部屋の一番奥の床にある。

でも、布の下にうっすらと見える中身は、膝をかかえた女の子だった。

「もしかして、ユキ？」

びくりとその子は震える。

俺は布を取り払った。

あたりだ。

赤いアンダーリムのメガネをかけた、小柄なセーラー服の少女。

夏帆の親友で、俺の中学時代からの友人のユキだ。

なぜか、体操服の上着だけ、大事そうに胸に抱えているし、頬を上気させている。

なんだろう？

ユキは怯えたように俺を見つめた。

「ごめんね。アキくん？　盗み聞き、するつもりじゃなかったんだけど」

「どうしてユキがここにいるの？」

「ちょっと、いろいろと……」

「？　まあ、いいけど、それより今の話、聞いていた？」

ユキはこくりとうなずいた。

しめた。

都合よく、ユキの誤解を解くことに成功したかもしれない。

俺たちが付き合っているわけじゃないってことは、いまの会話を聞いていたらわかっただろう。

ユキは隠れていたし、この場にはユキ以外には俺たちしかいないから、俺たちが嘘をつく理由もない。

「二人は付き合っていないの？　……なにもしていない？」

ユキはおそるおそるといった様子で確認した。

俺と水琴さんは顔を見合わせ、うなずいた。

ユキはほっとため息をつくと、申し訳無さそうに俺を見つめた。

「私の誤解……だったんだね」

「昨日もそう言ったよ」

「ごめんね。私……恥ずかしい」

ユキは赤面した。

俺は昨日の光景を思い出した。

ユキは涙を流して走り去ったけど、その理由は単なる勘違いだったとようやく気づいてもらえたらしい。

「良かった……二人が付き合ってるわけじゃ……ないんだ。それに、アキくんが夏帆のことを好きなままでいてくれて、本当に……良かったよ」

ユキはすごく嬉しそうに微笑(ほほえ)んだ。

そして、ユキは俺と水琴さんを見比べた。

「アキくんと水琴さんが彼氏彼女のフリをするって話を、今してたんだよね？」

「あー、うん」

当然、ユキはそんなことには反対だろう。

ユキが俺のことを好きだという意味でも、ユキが俺と夏帆の仲を取り持とうとしてきたという点でも、ユキが賛成する理由がない。

けれど。

「私は、水琴さんがアキくんの彼女のフリをするなら、協力するよ」

ユキはそう言って、不思議な笑(え)みを浮かべた。

水琴さんの提案に夏帆の親友のユキも賛成だという。

俺もびっくりしたし、水琴さんも意外そうに青い瞳を見開いた。

俺たち二人に見つめられて、ユキはどぎまぎした様子だった。

落ち着きなさそうに視線をきょろきょろさせ、手をもじもじさせている。

「そ、そんなに、驚くこと？」

「だって、ユキは反対すると思っていたよ」

「あ、あのね、夏帆がアキくんを振ってしまったのって、危機感がなかったからだと思うの」

「危機感？」

「夏帆はね、きっと、ずっと幼馴染でいれて、それで振ったり避けたりしても、自分のことを好きでいてくれるアキくんに……甘えたいんだよ。自分は相手を受け入れないのに、相手は自分を受け入れてくれるっていうのって、たぶん、とても心地が良いんだと思う」

「夏帆はそんなこと考えたりしないと思うけど……」

「ううん。夏帆はね、悪い子なんだよ」

ユキはくすっと笑った。

その言葉は、夏帆自身も言っていた。

自分はとっても悪い子なんだ、と。

ユキの言葉はそこで終わりではなかった。

「でも、私はそんな夏帆が大好きなの。アキくんもそうだよね？」

「まあ、うん」

俺も夏帆のことが好きだから、当然、答えはそうなる。

「良かった！」

ぱっとユキは顔を輝かせた。

「だからね、きっとアキくんと水琴さんが付き合ってるところを見せつければ、夏帆も危機感を持つと思うの。ずっとアキくんのことを独り占めしていられるのが、あたり前ではないってわかったら、自分の本当の気持ちに夏帆も気づくはずだから」

「そういうものかな」

そんな都合よくいくとは思えない。

恋は魂の触れ合いと粘膜の接触にすぎない、と夏帆は言っていた。

でも、ユキは自信があるようだった。

「恋って、相手を独り占めすることなんだよ。夏帆もそれにきっと気づくはず」

そして、ユキは水琴さんを振り返った。

「水琴さんも、それで……いい？」

「もともとは、わたしの提案だからいいけど、でも、秋原くんと佐々木さんが付き合うためにやるわけじゃない」

水琴さんはかなり不満そうにユキを睨んだ。

ユキも今度は動揺せず、微笑んだ。

「いいよ。でもね、アキくんが好きなのは、水琴さんでもなくて、私でもなくて、夏帆なの。そのことを忘れないでほしいな」

ユキは、俺が好きなのは夏帆だと言う。

それはそのとおりだけれど……。

水琴さんが首をかしげる。

「でも、桜井さんも、秋原くんのことを好きなんだよね……？　その……秋原くんと佐々木さんが付き合ってもいいの？」

ユキが水琴さんを鋭く睨んだ。

「私がアキくんのことを好きだと思っているなら、それも、誤解だよ」

「だって昨日は……」

昨日のユキの言葉は、水琴さんから見ても、俺に好意をもっているとしか考えられなかったらしい。

だから、今回ばかりは単なる俺の思い込みということはないと思う。

「私の望みは、アキくんの隣に夏帆がいることなの」

俺は口をはさんだ。

「なんでユキは俺と夏帆の関係にそんなにこだわるの？」

「私はね……アキくんと夏帆みたいな幼馴染に憧れているの。小さいころからずっと一緒にいて、私のことをなんでも理解してくれる人が、私のことを好きだと言ってくれる。私はそんな人がいたらいいなって思っているの」

立ち上がったユキは、ぱんぱんとスカートの裾をはらった。

その姿を見て、改めて思ったけれど、ユキは本当に小柄だ。

俺よりも水琴さんよりも夏帆よりも、ずっとちっちゃい。

ユキは寂しそうに笑った。

「でも、私には幼馴染なんていないの」

「小学校のころは、ずっと転校続きだったんだよね」

「うん。だから、わたしが恋しているのは、アキくんにじゃない。アキくんと夏帆の関係に恋してるの」

ユキは小さな声で、そう言った。

それがユキの本心なのか、俺にはわからなかった。

しばらく、俺たちは黙(だま)ったままだった。

もうとっくの昔に一時間目の授業ははじまっていると思う。

沈黙を破ったのは、やはりユキだった。ユキは水琴さんを見つめる。

「水琴さんもさ、アキくんと夏帆のために協力してほしいな。だって、夏帆と付き合うのがアキくんの望みだもの」

「でも……」

「アキくんの家に住んでいるなら、アキくんに恩返しをしないと。水琴さんは、アキくんの願いを叶(かな)えてあげたくない？」

「わたしは……たしかに秋原くんのためにできることをしてあげたい」

「ね？　そうでしょ？」

水琴さんは迷うように両手で肩を抱(だ)いていた。

迷うように水琴さんは床に目を落とした。

このままだと、水琴さんは本当に俺のために、俺が夏帆と付き合えるように、彼氏彼女のフリをしてくれると言い出すかもしれない。

俺もユキも、もしかしたら夏帆もそれでいいかもしれない。

けど、水琴さんの気持ちはどうなるのだ。

「水琴さんは、俺や夏帆のためなんてこと、考えなくていいよ。そんなことをする理由は何もない」

俺が静かに言うと、水琴さんが青い瞳で、上目遣いに俺を見る。

「でも、わたし……秋原くんにいっぱい迷惑をかけたよ？　だから、わたしは秋原くんのためにできることをしてあげたい。秋原くんが佐々木さんと付き合いたいなら、手伝ってあげたいの」

「前も言ったよね。貸し借りなんて気にしないでいいんだよ。水琴さんは自分が望むようにすればいい」

「わたしの望み？」

「そうそう。だから、恋人のフリなんて、べつにしなくてもいいよ。誤解は普通に解けばいいんじゃないかな。それに、水琴さんは俺に迷惑なんてかけていないよ」

「でも……」

「水琴さんがしたいようにしてくれるのが俺の望みなんだよ」

水琴さんは青い瞳をもう一度、大きく見開いた。

綺麗な長いまつげに縁取られたその瞳は、きらきらと輝いていた。

「そっか、わたしがしたいようにすればいいんだよね。どんなわがままでも、秋原くんは聞いてくれる？」

「もちろん」

俺は水琴さんを安心させようと微笑んだ。

そして、水琴さんは俺とユキを見比べる。

水琴さんは一瞬ためらって、それから、はっきりとこう言った。

「わたしはわたし自身がしたいようにする。秋原くんがそうしていいって言ってくれたから。だから……わたしは……秋原くんの恋人になりたいの」

それから、水琴さんははっとした顔をした。

俺も、そしてユキも驚愕の表情を浮かべて水琴さんを見た。

いま水琴さんはなんて言った？

聞き間違えでなければ、水琴さんは俺の恋人になりたいと言っていたけれど。

水琴さんははっとした顔をして、それからみるみる頬を真っ赤にしてしまった。

よほど恥ずかしかったんだろうけれど。

でも、水琴さんは俺とユキから目をそらさず、続きを言った。

「い、いまのは言い間違いだから。わたしはわたしが望むから、秋原くんの彼女のフリをするの。絶対に、秋原くんを佐々木さんに渡したりしないんだから！」

水琴さんの宣言によって、状況は一変した。

ユキは驚きのあまり、目を見開いて、焦った様子だった。

「あ、アキくんは……夏帆と一緒にいるのが一番ふさわしいんだよ？　だって、アキくんも夏帆もお互いのことが好きで……絶対に上手くいくはずなんだもの！」

「それが桜井さんの本当の望み？　桜井さんの代わりに、佐々木さんが幼馴染として秋原くんと恋愛してくれるってこと？」

「そんなこと……言ってない。ううん、それが私の望みなのかも」

ユキの瞳が揺れていた。

水琴さんが優しく言う。

「きっとそれは桜井さんの本当の望みではないと思う。桜井さんも自分勝手になればいいんだよ。秋原くんのことを好きなのは、佐々木さんじゃない。秋原くんのことを好きなのはあなた自身なんでしょう？」

「私は、アキくんのことじゃなくて、アキくんと夏帆の関係が……」

ユキの言葉はそこで止まった。

「あなたの望みを叶えられるのはあなただけなんだから」

そう言うと、水琴さんは俺を振り向いた。

「秋原くん。練習しよう」

「練習？　なんの？」

「わたしたち、恋人同士のフリをするんでしょう？」

「ああ、うん。水琴さんがそうしたいなら」

「だったら、試しにわたしに好きって言ってみて」

「へ？」

「恋人なんだから、言えるよね？」

そう言うと、水琴さんは顔を赤くして、まっすぐに俺を見つめた。

なんで急に水琴さんはそんなことを言いだしたんだろう？

ユキがいるこの状況で、だ。

弱った。

それはちょっと恥ずかしいんだけれど。

「えっと、好きだよ」

「……気持ちがこもってない気がする」

「俺は水琴さんのことが大好きだよ」

もういっぺん言ってみた。

二回目もぎこちない演技だったと思うけど、水琴さんはちょっと嬉しそうに目を細めた。

一方のユキは、といえば、ショックを受けた顔をしていた。

ユキに対して、水琴さんが静かに言う。

「もし桜井さんが秋原くんのことを好きじゃないなら、どうしてそんな傷ついた顔をするの？」

「……っ。そ、それは……」

ユキは苦しそうに胸を抱いた。

そして、ユキは目を伏せて、つぶやいた。

「私が変だってことぐらい、私だってわかってるよ。それでも、私は……アキくんと夏帆に一緒にいてほしいのに」

たぶん、ユキは自分自身でも自分の言っていることを、自分の気持ちをよくわかっていないんじゃないだろうか。

そんな気がした。

ユキはくるりと部屋の扉へと向けて身を翻した。

「授業に出なくちゃ」

そして、ユキは部屋から姿を消した。

　水琴さんはほっとため息をつくと、その場に座り込んだ。

　俺は慌てて水琴さんの青い瞳をのぞき込んだ。

「だ、大丈夫？　水琴さん」

「ちょっと……疲れちゃった」

「ごめん」

「どうして秋原くんが謝るの？　わたし、嬉しかったんだよ？　秋原くんが、わたしの望むようにしていいって言ってくれて」

　そう言うと、水琴さんが俺の手をつかんだ。

　水琴さんの白い指先が俺の指に絡められる。

「み、水琴さん。えっと、そろそろ授業に行かないと……」

「秋原くん、わたしのわがまま、聞いてくれるって言ったよね」

「そうだけど？」

「わたし、このままこうしていたい。一時間目の授業、サボっちゃわない？」

「え？」

「わたしたちが戻ってこなければ、クラスのみんなも、わたしたちの仲をもっと誤解してくれると思うの」

「誤解されると困るんじゃない?」

「わたしたち、彼氏彼女のフリをするんでしょう? だったら、授業をサボってデートして、イチャついていたぐらいに、みんなには思ってもらったほうがいいと思う」

「デートをするなら、こういう薄暗い部屋じゃなくて、もっと雰囲気のあるところを選ぶけどなあ」

俺はぼやいた。

水琴さんと二人でどこにいたの？と聞かれて暗くて狭い生物準備室なんて答えようものなら、それこそいかがわしいことをしていたと勘違いされかねない。

水琴さんがくすっと笑った。

銀色の髪がふわりと揺れる。

「だったら、秋原くんが雰囲気のあるところを選んでよ。今から、そこに行けばいいんじゃない？」

「学校のなかで、っていうと難しいな。でも考えてみる」

「うん。きっと秋原くんなら、ここよりももっと居心地の良いところへ、わたしを連れて行ってくれると思うから」

第七話　女神様と恋人のフリ　chapter.7

結局、俺が水琴さんを連れて行くのに選んだ場所は、校舎の屋上だった。

まあ、学校内で雰囲気の良いところ、というのはやっぱり難しい。

ただ、この学校の屋上は基本的に閉鎖されているので、ここに入るのはなかなかできない体験だ。

冬の風が屋上を吹き抜ける。

転落防止のフェンスと空調関係の機械が少しあるのを除けば、屋上には何も置かれていない。

ただ、屋上からは市内の風景が一望できて、市の西側を区切る広い川も見ることができる。

その向こうに見える山々は雪をかぶっていて、綺麗な姿だった。

そして、目をこらせば、遠見の大豪邸も、川の向こうに見ることができた。

水琴さんが「わぁ」とつぶやき、顔をほころばせた。

そして、フェンスの手前まで行って、俺を振り返る。

「いい眺めだね」

「気に入ってもらえてなにより」

「でも、秋原くんはここの鍵ってどうやって手に入れたの？」

屋上へ続く階段の先には、扉があった。

その扉の鍵を俺は持っている。

「雨音姉さんにもらったんだよ。雨音姉さんはこの高校出身だからね」

「そうなんだ」

「まあ、優秀だった雨音姉さんと、落ちこぼれ一歩手前の俺では、だいぶ差があるけどね」

「秋原くん、あんまり勉強が得意じゃないんだっけ？」

「はっきり言わないでほしいな……」

「わたし、こないだのテストで学年で二番目の順位だったの」

水琴さんが満面に笑みを浮かべて言う。

そんなこと宣言しなくても、有名だから知っているけれど。

女神様は美しいだけでなく、成績も優秀なのだ。

でも、水琴さんが言いたいのは自慢ではなかった。

「だから、わたしが秋原くんに勉強を教えてあげよっか」

「え？」

「高校生の彼氏（かれし）と彼女って、勉強会とかするものじゃない？」

「まあ、そういう人もいるかもね。でも、俺と水琴さんは彼氏彼女というわけではないような……」

「でも、彼氏彼女のフリをしているんだから、そういうところも真似（まね）しないと」

そういうものだろうか？

そういえば、高校受験のときは夏帆（かほ）にだいぶ助けてもらった。

おかげでぎりぎり進学校に受かったんだから、夏帆には感謝しないといけない。

水琴さんがくすっと笑った。

「場所は家でやればいいよね。わたしたち、同じ家に住んでいるんだもの」

「ぜったい家だと勉強しない気がするなあ」

「イチャついちゃったりして、とか？」

水琴さんが青い瞳で、上目遣い（うわめづか）いに俺を見た。

単純にダラダラしてしまうと言いたかったのだけれど。

あくまで俺たちは恋人のフリをしているだけなんだから、その、イチャイチャして勉強が進まないとか、そういうことは心配しなくてよいと思う。

けれど、水琴さんはちょっと頬を赤くして言う。

「それはそれで……アリかも」

「アリなの？」

「だって、彼氏彼女のフリをするんだから」

「家でまでする必要がある？」

あくまでクラスメイトにいろいろ噂されるのが面倒だから、いっそのこと誤解されたまま彼氏彼女ということにしておこう、というのが趣旨のはずだ。

だったら、家でまでカップルの真似事をする必要はないと思うんだけれど。

水琴さんは不満そうに俺を睨んだ。

「だったら、外でできる彼氏彼女っぽいことを考えてほしいな」

「それっぽいことねえ」

俺は考えた。

なにがあるだろう?

いかにも恋人らしいこと。

意外と難しい。

キスをしたりとか、そういうのは論外だ。

偽装にすぎないのに、そんなことをするのは水琴さんだってたぶん嫌（いや）だろう。

「下の名前で呼ぶとか？」

「え？」

「俺は水琴さんのことを『水琴さん』って呼んでいて、水琴さんは俺のことを『秋原くん』って呼ぶ。でも、もっと親しげな感じなほうが、恋人っぽいかもしれない」

我ながら安直な案だと思ったけれど、水琴さんはぽんと手を打った。

「名案ね！」

「こんなのでいいの？」

「もちろん。つまり、わたしは秋原くんのことを、ええと、晴人（はると）……」

「お兄ちゃん？」

「それはこないだやったから、もういいんだってば！」

水琴さんが顔を真赤（まっか）にして怒（おこ）った。

こないだ、水琴さんは俺のことを「晴人お兄ちゃん」と呼んでいて、これもたしかに下の名前で呼んでいるけど、ちょっとダメそうだ。

変なふうにクラスメイトたちに誤解されてしまう。

「普通に晴人くん、でいいんじゃない？」

「まあ、そうだよね」

「晴人くん」

そう言うと、水琴さんはちょっと恥ずかしそうにうつむいた。

たしかに、言われた俺もちょっと気恥ずかしい。

俺も水琴さんのことを下の名前で呼ぼうとしたけど、それは水琴さんに押し止められた。

不思議に思って、理由を聞くと、水琴さんはこう答えた。

「とりあえず、わたしの方だけが、晴人くんの呼び方を変えれば大丈夫だと思うの」

「そう？」

「うん。晴人くん、わたしのことを下の名前で呼ぶの、今はちょっと恥ずかしいでしょう？」

「まあ、そうだけど」

「だからね、晴人くんが本当にそうしたいと思ったときに、わたしのことを『玲衣』って呼んでくれたほうが、嬉しいかな」

水琴さんは優しくそう言った。

俺が本当に水琴さんの名前を呼びたくなったときってどんなシチュエーションなんだろ

う？

例えば、水琴さんが俺の本当の彼女になったとき、とかなのかもしれないけど。

相手は学園の女神様。

まさかそんなことは起こり得ないと思うけれど。

水琴さんは人差し指を立てて、身を乗り出した。

「さあ、教室に戻ったら、みんなの前でわたしたちの仲をアピールしないとね。ね、『晴人くん』？」

☆

いまは一時間目の授業が終わった後の休み時間。

タイミングを見計らって、俺たちは教室に戻った。

案の定、野次馬根性(やじうまこんじょう)の塊(かたまり)である橋本(はしもと)さんが待ち構えていた。

橋本さんは教室の入口で目をきらきらと輝(かがや)かせていた。

「結局、授業サボったんだね？　二人で何してたの⁉」

俺と水琴さんは顔を見合わせた。

手はず通りにする必要がある。

「は、晴人くんはね……わたしのものになったの」

水琴さんは小さな声で言ったが、その効果は絶大だった。

聞き耳を立てていた周りの連中がざわつき、橋本さんは「おお」と言い、ますます瞳を爛々と明るくした。

「それってもしかして、二人で十八禁的なことをしたっていう意味？」

水琴さんは顔を赤くし、恥ずかしそうに目を伏せた。

「そうじゃなくて……晴人くんがわたしの彼氏になったってこと」

「やっぱり水琴さんって秋原のこと、好きだったんだ？」

「うん。それで……わたしから告白して、晴人くんに受け入れてもらったの」

水琴さんはうなずいた。

あくまでこれは演技。

橋本さんたちの望みどおりの答えをあげて、これ以上あれこれ言われるのを避けるためだった。

橋本さんが今度は俺に問いかける。

「やったね、秋原！　最高の彼女をゲットしたじゃん！」

「……そうだね。俺には水琴さんはもったいないと思うよ」

これは本心だ。

水琴さんは銀髪碧眼の美少女で、女神様なんて呼ばれるほど、目立つ存在だ。

でも、それより大事なのは、水琴さんがとても優しい子だということだ。

クラスの連中のかなりの部分が一斉に立ち上がり、みんなにこやかな表情をした。

そして、ぱちぱちぱちぱちと拍手をした。

なんだか知らないけれど、めでたいことだと祝ってくれているらしい。

みんな暇だなあ、と俺は思う。

まあクラスメイトの何人かは無関心だったり、俺たちに非好意的な目を向けていた。

そのなかの一人に夏帆がいた。

夏帆は完全に表情を失った顔で、俺を見つめている。

俺は背筋が凍るのを感じた。

夏帆は基本的にいつも明るく魅力的な表情をしている。

怒っていることももちろんあるけど、そういうときだって感情豊かに頬を膨らませて俺を睨みつけてきて、それはそれで可愛かった。

でも、いまの夏帆は、俺がいままでに見たことのない様子だった。

そんな夏帆の様子に橋本さんも気づいたのか、とてとてと橋本さんは夏帆に近寄った。

「ね、夏帆？　夏帆は秋原をとられちゃってもいいの？」

「べつに。あたしには関係ないよ」

「でも、ずっと幼馴染だったんだよね？　よく秋原と一緒に帰ったりしてたしさ。水琴さんが秋原の彼女になったら、そういうこともできなくなるよ？」

橋本さんはにっこりと微笑んだ。

夏帆が俺を振ったということを、橋本さんは知らない。

だから、こんなことを夏帆に言いに行くのだ。

どちらにしても、みんなの前で橋本さんが何をしたいのかわからない。

「だからなに？」

夏帆は冷え冷えとした目で橋本さんを睨んだが、まったく橋本さんは動じなかった。

「だって、うちは夏帆も秋原のことを好きだと思っていたんだけどな。違った？　夏帆が秋原のことを見る目って――」

橋本さんはその言葉を言い切ることができなかった。

夏帆がばんと机を叩いて立ち上がったからだ。

夏帆は橋本さんに詰め寄った。

「勝手なことを言わないでよ！　橋本さんはいったい何様なの？　晴人たちのことを面白がってからかって、そこにあたしも巻き込むの⁉　やめてよ！　あたしは晴人のことなんてなんとも思っていないいんだから！」

「ご、ごめんね。夏帆がそんなに怒るなんて思わなくてさ。でも、今の言葉だと、なんとも思ってないなんて信じられないけど。だって……」

橋本さんは続きをさらに口にしようとしたけど、さすがに黙った。

夏帆が憎悪のこもった目で、橋本さんを見つめていたからだ。

橋本さんは引きつった笑みを浮かべ、もう一度夏帆に謝ると、俺たちのほうへ引き返してきた。

クラスはしんと静まりかえっていた。

しまった。

予想外の展開だ。

夏帆は普通に無神経な橋本さんに怒っただけだと思うけど、他のクラスメイトはどう受け取るか。

俺はふたたび天を仰いだ。

すべての元凶は橋本さんだ。

空気を読まず、好奇心だけでまわりをひっかきまわすトラブルメーカーの橋本さん。

クラスメイトの視線が痛い。

これではまるで、夏帆が俺のことを好きなのに、俺が夏帆を振って、水琴さんと付き合ったみたいだ。

実際にはぜんぜん違うのに。

戻ってきた橋本さんが俺の耳元にささやきかける。

「モテる男はつらいね」

そう言われると困ってしまう。橋本さんは俺のことをモテるという。

でも、夏帆は俺のことを振ったし、異性として意識しているわけじゃない。

水琴さんは俺のことを好きだと言っているけれど、それは演技にすぎない。

水琴さんがどれほど俺に親しげに振る舞っても、それは異性としての好意があるということではないと思う。

夏帆が俺と仲がどれほど良くても、俺のことをまったく意識していなかったのと同じように。

同じ勘違いを繰り返してはいけない。

そして、ユキは俺のことを好きらしいけれど、その好意の向け方はねじ曲がっている。

水琴さんは俺を見つめ、静かに言った。

「晴人くん。わたし、言ったよね。晴人くんのことを佐々木（ささき）さんに渡したりしないって」

「そうだけど？」

「あれ、覚えておいてね」

俺は曖昧（あいまい）にうなずいた。

橋本さんが楽しそうに、小さな声で言う。

「夏帆は水琴さんのライバル、ってことだね」

橋本さんが思っているのとは、実際の事情はぜんぜん違うんだけれど。

水琴さんが俺と橋本さんを見比べ、そして柔（やわ）らかく微笑（ほほえ）んだ。

「そう。これはたぶん宣戦布告なんだと思う」

☆

「ね、晴人くん。昼休みに高校生のカップルがすることといえば……」

「一緒にお昼ごはん、だよね」

「うん」

水琴さんがそう提案したので、俺たちは学食の券売機の前にいる。

別棟にある学食は、コンクリート打ちっぱなしで冷たい雰囲気だけれど、メニューもそこそこ豊富で、A定食は２９０円（！）ととても安かった。

弁当を持ってきている日もあるのだけど、最近は水琴さんが家に来たこともあって、ばたばたして作っていない。

ちなみに水琴さんはいつもコンビニのおにぎりとか、そういうものを教室の隅で食べていた。

「こ、今度ね。わたしが手作り弁当を作ってきてあげるから！」

たしかに俺たちが彼氏彼女だということをアピールするには、それはいい手だとは思う。けれど。

「水琴さんって、そういえば、料理って得意なの？」

「えっと、その……頑張る……」

「……自分で作るから大丈夫だよ」

そう言うと、水琴さんは下を向いて、しょんぼりした。

あの完璧超人の水琴さんにもできないことはあるらしい。

まあ、遠見の屋敷で暮らしていたなら、自分で料理を作る必要なんてなかったんだろう。

水琴さんなら、ちょっと練習すればお弁当ぐらい簡単に作れると思うけど、ここは俺が作ってあげるのが筋だろう。

俺は微笑んだ。

「俺が水琴さんの分も作るから、今度、一緒に学校で手作り弁当を食べよう」

「ホントに⁉　期待してるね」

「ありがとう」

「すごく楽しみ」

水琴さんは顔を輝かせた。

わかりやすい反応だなあ、と思う。

以前なら、こういうときに感情を出すのを水琴さんは抑えていたような気がするけれど、今は違う。

「今日のところは学食だね。水琴さん、食券だけど、どれ買う？」

「晴人くんと同じのがいい。わたしたち、恋人のフリをしてて、それをみんなに知ってもらうためにここに来てるんだもの。だから、おそろいのものを食べたほうがいいと思うの」

「そういうものかな？」

「そういうもの」

水琴さんはこくりとうなずいた。

しかし。

俺の頼むものは……。

「ええと、俺は四川風激辛麻辣担々麺の大盛を頼むつもりだったんだけど……」

水琴さんがうっと言葉に詰まった。

「辛いものが苦手だったよね？」

「覚えていてくれたんだ。そうなの」

「じゃあ、別のメニューにするよ」

「それは、晴人くんに悪い気がする……」

「いいよ。べつにそんなこだわりがあるわけじゃないし。逆に水琴さんが食べたいものに俺が合わせる」

「わたしが食べたいもの？」

「そう。水琴さんがしたいようにすればいいよ」

「わたしが、食べたいもの」

水琴さんは繰り返すと、券売機を眺めた。

膨大な量のメニューのなかから、どれがいいか探さなければならない。

水琴さんは決めあぐねたのか、困ったように俺を見た。

「どうしよう？」

「あんまり学食来たこと無いんだっけ？　おすすめは、カツ丼だけど」

「じゃあ、それにする」

水琴さんはためらいなく、券売機のボタンを押して、俺もそれに続いた。

学食はセルフサービスなので、二人とも同じようにトレイを持って列に並び、とじ卵がたっぷりのったカツ丼を受け取った。

やっぱり、周りの生徒の視線が気になる。

女神様と……その横の男子は誰だっけ？

みんなそう思っているに違いない。

俺たちはテーブルの一つに向かい合わせに腰掛けた。

水琴さんがぽんと手を打つ。

「お茶、とってくるね」

水琴さんは微笑んで、俺が答える前に、お茶を取りに行ってしまった。

残された俺はぼんやり周りを見回した。

そして、学食の入口近くにいる一人の男子生徒と目が合う。

そいつはにやにやしながら、こっちへ近寄ってきた。

なぜか通学用のリュックサックを背負ってる。

「お、秋原。一人寂しく飯か？」

「そういう大木は、こんな時間に登校？」

「ああ。昼飯食って、午後の授業から参戦だ」

俺の友人の大木はにっこりと微笑した。

大木はクラスメイトで、名前のとおりというべきか、かなりがっしりとした体格をしていて、背も高い。

午後から来たということは、俺と水琴さんの騒動も、大木は知らないのだと思う。

「秋原。今日の放課後は暇か？」

「なんで？」

「外国から入手した素晴らしいものがあるんだが、それを試してみないかと」

何の話だ？

さっぱり話が見えない。

そして、これまでの経験上、たいてい大木の誘いはろくなものじゃなかった。

学校の屋上からロケット式の花火を打ち上げようとしていたのを、必死で止めた記憶が鮮明に残っている。

「怒られそうな話だったら、乗らないよ」

「そういう固いことを言っているからおまえはモテないんだ」

大木は冗談っぽくそう言い、俺も笑いながらそれに答える。

まあ、普通の会話になるはずだった。

そこまでは。

「晴人くんはモテると思うけど」

いつのまにか、水琴さんが両手にお茶のコップを持って横に立っている。

そして、俺と大木を眺めていた。

大木がきょとんとした顔をする。

「なんで水琴さんがここにいんの？」

「だって、わたし、晴人くんの彼女だもの」

水琴さんはちょっと恥ずかしそうに、頬を染めていた。

そして、俺に向かって水琴さんが続きを言う。

「晴人くんは、今日の放課後、暇じゃないよね？」

「え？」

「だって、わたしとデートするんだもの」

大木は口をあんぐりと開き、ぱくぱくとさせた。

よほど水琴さんの言葉が意外だったらしい。

「水琴さんが秋原の彼女。まさか。今は十二月だな？」

「そうだけど？」

と俺が答えると、大木はうんうんと大きくうなずいた。

「エイプリルフールにはまだ早いな。水琴さんも冗談を言うならもっと面白いのを言ったほうがいいぜ」

「冗談じゃなくて、本当のことだもの」

あっけらかんと水琴さんが言った。

冗談ではないけれど、俺と水琴さんは偽装カップルなのだけれど。

でも、水琴さんの言葉からそんなことを察するのは無理だし、大木は何も事情を知らない。

大木は大ショックといった感じで大きく手を広げた。

「なんてこった。もてない男四人でシュールストレミングの試食会をするつもりだったが、もう秋原は呼んでやらん。この裏切り者め！」

大木は言葉とは裏腹に、どこか嬉しそうに笑いながら言った。

どうでもいいけど、シュールストレミングって世界で一番臭い缶詰の食べ物だったような。

そんなものを学校で開けるんだろうか？

俺が尋ねる前に、大木はばしばしと俺の肩を叩いた。

「せいぜい水琴さんとのデートを楽しんできてくれ」

「ああ、うん。ありがとう」

「で、水琴さんはこいつのどこが好きなの？」

「え？」

水琴さんはちょっと顔を赤くして、小声で言う。

「晴人くんの……優しいところ」

「優しいところ、か。いいねえ」

大木がにやにやとしながら、俺と水琴さんを眺めた。

ますます水琴さんが頬を赤く染める。

なんとなく、俺も恥ずかしい気分になってくる。

二人とも、学食で買った昼飯を食べるつもりはないんだろうか。

大木は独り言のように、しみじみと言う。

「まあ、秋原はいいやつだからな。こういうことがあっても、不思議ではないか」

「うん」

水琴さんは小さくうなずいた。

「あのね、晴人くん。デートなんだけど、隣町の水族館に行きたいの。学校帰りでも、時間的にもいけると思うし……雰囲気も良いし……その……ダメかな？」

「ダメなわけないよ」

もちろん大丈夫だ。

水琴さんがそうしたいなら、俺が反対する理由がない。

意外と可愛い提案だな、と俺は思った。

水琴さんがぱっと顔を輝かせる。

「決まりね！」

俺と一緒に水族館に行くというだけで、こんなに嬉しそうにしてくれるのは、俺としてもちょっと照れてしまう。

大木はいいなあ、羨ましいなあ、とぶつぶつつぶやいていた。

そのとき、俺の携帯電話が鳴った。

携帯の画面に表示された名前は、秋原和弥。

俺の父だ。

「どうしたの？」

水琴さんが不思議そうに尋ねる。

「父さんから電話だ」

「お父様から？」

水琴さんが首をかしげ、銀色の髪が揺れた。

俺も意外だった。

このタイミングで父さんから電話があるのか。

父さんはいま北海道に単身赴任中だ。

俺は水琴さんと大木に一言告げると、学食の外に出た。

そして、電話の応答ボタンを押す。

「もしもし、晴人だけど？」

「やあ。昼休みに悪いね」

のんびりした、眠たそうな声が聞こえてくる。

税務署職員の父さんは、かなり穏やかな性格だった。

かつ雨音姉さんとかとは大違いの、常識人だ。

その父さんがこんな時間に電話してくるというのは、なにか大事な用なんだろうけれど。

「遠見のお嬢様の件で、早く電話するつもりだったんだけど、なかなか忙しくてね」

「事前に説明がほしかったな」

「雨音くんから説明があっただろう？」

「水琴さんが家に来た後にね」

あれ、と父さんはつぶやき、おかしいなあ、と言った。

なにか行き違いがあったんだろうか？

「水琴さんといったかな。遠見のお嬢様。クォーターの外国風の子だと聞いているけど、どんな子だい？」

「とてもいい子だよ」

俺は父さんの問いに即答した。

父さんはほっとため息をついた。

「よかったよ。君たち二人がうまくやれているか心配だったんだ。なにせ今回の対応は緊急避難的なものでね」

「緊急避難？」

「形式的には、今の水琴さんの保護者は僕ということになっているんだよ。遠見の人間たちは、誰も水琴さんの面倒を見るつもりがなくてね。それに遠見の屋敷で、水琴さんがどう扱われてきたかを思えば、仕方のないことだ」

　どんな扱いを水琴さんが受けていたというのだろう？

　気になったが、俺はとりあえず続きを聞くことにした。

「それで、水琴さんには君のいるアパートに住んでもらったんだ」

「俺たちみたいな高校生の男女が一緒の部屋ってまずくないかな？」

　俺は父さんに尋ねてみた。

　雨音姉さんだったらともかく、常識人の父さんがこのことについてどう思っているのか、気になっていた。

「まあ、あまり褒められたものではないだろうね。でも、君たちが一緒に住むのはあと数日のことだから、それほど問題にはならないだろう」

「あと数日？」

「水琴さんが住む場所を見つけてきた。全寮制の女子校でね。遠見家から遠く離れた、東京の女子寮だよ」

　父さんはあくまでも穏やかにそう言った。

水琴さんが東京の女子寮に住む？

そんな話は初耳だ。

俺は電話越しの父さんに尋ねた。

「それ、水琴さんは知っているの？」

「これから話そうと思っていてね。水琴さんの同意さえ得られればすぐにでも寮の部屋は準備できる」

「そんな急な……だいたい向こうの女子校の編入だって間に合うとは思えないけど」

「そこの学校の理事長と僕は大学時代の同級生でね。その縁で寮の部屋は用意してもらうことになっている。まあ編入自体は冬休み明けになるかもしれないけれど、君の高校で学年上位の成績だということを聞いたら、問題ないだろうと言っていたよ」

「でも……」

「あっちの女子校は名門校だし、悪くない話だと思うよ。なにより遠見の関係のないところへ行けるなら、それが一番だ」

「わかったけど、水琴さんは何ていうかな……」

「もちろん、水琴さんが嫌というなら考え直すけどね。ただ、いつまでも君と一緒のアパートに住むってわけにもいかないよ」

「まあ、そうだろうけど……」

「そうだ。秋穂と夏帆ちゃんは元気かい？」

秋穂さんというのは夏帆の母親のことだ。

俺の父さんと夏帆の母は幼馴染で、ときどきこうして近況を確認している。

秋穂さんのほうからも、俺の父さんのことをたまに尋ねられる。

俺が元気だと思うよ、と答えると、そうか、と父さんは安心したように言い、それから、

「いろいろと急に迷惑をかけて悪かったね。仕事に戻らないといけない」といって電話を切った。

俺は呆然とした。

たしかに水琴さんは新しい家が決まったら、すぐに出ていくと言っていた。

俺だって水琴さんがずっとうちのアパートにいるとも最初は思っていなかった。

でもこんな急に決まるなんて。

俺が食堂に戻ると、水琴さんは学食で買った食べ物をテーブルに載せて、座って待っていた。

「先に食べててくれてよかったのに」

「だって……わたし、晴人くんとご飯を食べに来たんだもの」

水琴さんは目をそらしながら、小さくつぶやいた。

そういえば、さっきまでいた大木はどこへ行ったんだろう？

「わたしたちの邪魔をしちゃ悪いからって、どこか行っちゃった」

「そうなんだ。べつにそんなこと気にしなくてもいいのにね」

「わたしは気にしてくれたほうがいいと思うけど。だって、わたしたち恋人同士なんだから、そういうふうに気を使われたってぜんぜんおかしくないと思う」

水琴さんははっきりした声でそう言った。

こ、恋人のフリだったはずでは？

たぶん誰に聞かれているかわからない学食だから、恋人のフリがバレる可能性を考えて、「恋人」だと言っているんだと思うけれど。

「まあ、大木が気をつかってくれたなら、それを無駄にするのも悪いし、二人で食べよっか」

「うん」

水琴さんは目の前のカツ丼と、俺のトレイのカツ丼を眺めた。

そして嬉しそうに微笑む。

「お昼ごはん、おそろいだね」

「そういう意味では、カツ丼じゃなくて、もっとオシャレなもののほうが良かったかな」

「ううん。晴人くんと一緒のものってだけでなんとなく嬉しい。でも……」

「でも？」

「べつべつのものを頼んだら、お互いに食べさせ合いっことかできたのになって思って」

水琴さんが心の底から残念そうな顔をしたので、俺は微笑ましいなと思った。

学食の料理なんて安いし、毎日でも来れるから、ちょっとずつ交換なんてしなくても、コンプリートは容易なのに。

でも、水琴さんが東京に行けば、そうも言ってられなくなるかもしれない。

水琴さんが微笑む。

「晴人くんはまたあしたも一緒に学食に来てくれる？　あとお弁当も作ってくれるんだよね？」

カツ丼の卵とじカツを箸で拾い上げながら、俺は水琴さんに答えた。

「もちろん」

「楽しみにしてるから」

気は重いが、水琴さんに東京の女子寮の話をしないといけない。

気が重い？

どうしてだろう？

水琴さんに今のまま同じ部屋に住んでいてほしいと、俺は思っているんだろうか。

俺たちは昼飯を食べ終わって、食器を返し食堂を出た。

そして、本校舎へ戻る渡り廊下を歩く。

ガラス張りの窓からは正午の日光が強く差し込んでいて、十二月の寒さを少しだけ和らげていた。

同じように学食から戻る生徒たちが大勢歩いていて、なかには立ち話に興じている奴らも少なくなかった。

俺は歩きながら、水琴さんに聞いた。

「水琴さんさ、最初に俺の部屋に来たとき、次に住む場所が見つかったら出ていくって言ってたよね？」

「そうだけど……でも、それはもっと先のことかな。親戚は、晴人くんたち以外にはもう頼れないし、そんな簡単には見つからないと思う」

「すぐに見つかるって言ったら、どうする？」

水琴さんは立ち止まり、こちらを振り返った。

そして、青い瞳を大きく見開く。

俺は父さんから聞いたことを説明した。

「そっか。あとで晴人くんのお父様から電話があるんだ」

「そう。急な話だし、嫌だったら断ってもいいと思うよ」

「そう……だね。晴人くんは、わたしが家にいると迷惑？　ううん、きっと迷惑だよね。いきなり押しかけてきて、一部屋を使っちゃって、風邪を引いて寝込んじゃって、クラスのみんなから騒がれて……」

「何度も言っているけど、迷惑なんかじゃないよ」

俺がゆっくり水琴さんを安心させるように言うと、水琴さんはじっと俺を見つめ返した。

なにかまだ足りない。

水琴さんがそう心の中で言っている気がした。

俺は考えて、言葉を選んだ。

「水琴さんがいるのは俺にとっても、けっこう楽しいんだよ」

「わたしといるのが……楽しい」

「雨音姉さんがいなくなってからは、ずっと一人暮らしだった。だから、ご飯を作って喜んでくれて、一緒に話すことができる相手がいるのは、嬉しいんだと思う」

「それって、わたしに家にいてほしいってこと？」

「そう思ってくれてかまわないよ」

俺は水琴さんから目をそらした。

たぶん俺は顔も赤くなっているな、と思った。

水琴さんが弾(はず)んだ声で言う。

「そっか。わたし、晴人くんの家にいてもいいいんだね。すごく嬉しい」

「女子寮の話は断る？」

「うん」

水琴さんがそっと俺に近寄った。

そして、俺の瞳を覗(のぞ)き込む。

「こういうとき恋人同士だったら、ハグしたりするのかな」

「そうかもね。でも、俺たちは……」

「恋人同士でしょう？」

そういうことになっている。

それはそうだけど。

「じゃあ、ハグする？」

「でも、わたしから晴人くんを抱(だ)きしめるのは恥(は)ずかしいな。その……」

ちらりと俺を水琴さんが見て、頬をそめてもじもじとした。

つまり、俺から抱きつけということらしい。

ここでできません、というのは、さすがにかっこ悪い。

俺は覚悟を決めて、そっと水琴さんに近づいた。

水琴さんがびくっと震えたが、俺はそのまま彼女を抱きしめた。

セーラー服越しに水琴さんの温かさが伝わってくる。

周囲の目が気になるけど、まあ、いいかという気がしてきた。

「嫌だったら、離すよ」

俺が言うと、水琴さんは首をふるふると横に振り、柔らかく微笑んだ。

「ぜんぜん、嫌じゃないよ。わたし、とっても幸せ。晴人くんがわたしの居場所を作ってくれて、それでこうして甘やかしてくれてるから」

第八話　女神様の妹は認めない　chapter.8

その日の授業が終わると、水琴さんは俺の席に来て、顔を赤くしながら「デートするんだよね？」と言った。

水琴さんと隣町の水族館に行く約束だった。

周囲のクラスメイトたちは、俺たちに注目していたが、朝ほどではない。

こうやって恋人のフリを続けていれば、だんだんそれが当たり前になっていって、誰も気にしなくなるに違いない。

ただ、夏帆だけは朝よりも強い視線で俺たちのことを見つめていた。

俺が視線を返すと、夏帆は気まずそうに視線をそらした。

夏帆に事情を説明したほうがいいだろうか？

でも、それも水琴さんの了解を得てからだ。

俺たちは学校を出て、バスに乗ってＪＲの駅に行き、ホームに立った。

反対側のホームのさらに向こうに、山並みと夕日が見える。

六両編成の列車がホームに到着した。

銀色の車体にオレンジ色のラインが入っている。

俺が先にドアから入ると、車内はガラガラで誰もいなかった。

ロングシートの椅子の一番端に腰掛けると、水琴さんはぴたっと俺のすぐ隣りに座った。

互いの足とかお尻とかがかなり密着していて、柔らかい感触が伝わってくる。

俺は顔を赤くして水琴さんを見ると、水琴さんも頬を染めて見返した。

「晴人くん、どうしたの？」

「いや……誰もいないし、もっと離れてもいいかなと思って」

「わたし、晴人くんのすぐとなりにいたいの。ダメ？」

「ダメじゃないけど……」

「なら、いいよね？」

一番端の席にいるのが俺だから、逃げようにも逃げられない。

俺は観念した。

まあ、ほかに車内に誰もいないのが救いかもしれない。

水琴さんが弾んだ声で言う。

「わたしたちの貸し切りだ！」

「たしかに、そういう状態になってるなあ」

「これなら、どれだけイチャついても何も言われないよね」

水琴さんが綺麗（きれい）に微笑み、俺の目をのぞき込んだ。

銀色の髪（かみ）がふわりと揺れる。

俺はくすっと笑った。

「誰もいないところで、恋人のフリをしても意味がないよ」

「意味がないわけじゃないよ」

「どういうこと？」

「練習になるでしょ？　学校で見せつける本番の前の。それにいつでも恋人って意識しておいたほうが、とっさのときもバレにくくなると思うから」

「そういうものかなあ」

「そういうものだと思う。それじゃ、何する？」

「水琴さんが決めるんじゃないの？」

「晴人くんに決めてほしいな」

そう言うと、水琴さんは甘えるように、俺の肩に軽く頬を寄せた。

もう十分恋人っぽいことをしてると思うんだけど。

これ以上、何があるんだろう？

下の名前で呼ぶのは水琴さんが実行中。ハグはした。

俺は困って、そういえば、その前に話しておかないといけないことがあったなと気づいた。

「えっとね、夏帆のことなんだけど」

「佐々木さん？」

「水琴さんと恋人のフリをしてること、夏帆にだけは言っておこうかな、と思って」

「それは嫌だな」

「どうして？」

「だって、佐々木さんだけ特別扱いする必要ないもの。他の人と同じようにわたしたちのことを彼氏彼女だって思ってもらえばいいと思う」

「でも……」

「やっぱり、晴人くんは佐々木さんのことが好きなんだ？」

「それは……たぶん、そうだと思う」

ふうん、と水琴さんはつぶやくと少し傷ついた顔をした。

そして、頬を膨らませて、俺を睨む。

「わたしたち、恋人のフリをしているんだよね？」

「確認してもらわなくても、そうだけど？」

「普通、彼女といちゃついてるときに、他の女の子の話をする？」

「あー……たしかに、しないと思う」

「そうでしょう？　晴人くん、意地悪だよ」

「ご、ごめん」

「代わりに、すごーく恋人っぽいことをしてくれないと、許してあげないいんだから！」

そう言うと、水琴さんは逃がさないぞといった感じで俺の手をつかんだ。

困った。

どうしよう？

すごく恋人っぽいことってなんだろう？

「ええと、ハグする？」

「それは今日のお昼にやったもの」

「頭を撫でるとか」

「それも魅力的だけど……でも、ハグより恋人っぽさが落ちてない？」

「うーん」

俺は頭を回転させた。

なにかあるだろうか。

「キス……はダメだよなあ」

俺はぽつりとつぶやいた。

今日の朝もそれは一瞬考えたけど、論外だ。

さすがに恋人同士のフリでやる話ではないと思う。

「き、キス？」

水琴さんがみるみる顔を赤くした。

やっぱりダメそうだなあ、と俺は思う。

「キスは水琴さんも嫌だろうから、やめておくよ」

「い、嫌じゃない」

「え？」

「晴人くんがそうしたいなら、わたし、ぜんぜん平気。ううん、嬉しい。みんなの前で見せつければ、きっと誰も疑わなくなるし、れ、練習しておこう？」

水琴さんは熱のこもった声でそう言うと、期待するように俺を見つめた。

その青い瞳はかすかに潤んでいて、頬も上気している。

どうやら本当にしてもいいということらしい。

「いや、でも、さすがにそれは……」

「してくれないと許してあげない。晴人くんは、わたしの望むようにしてくれるんだよね？　わたし、晴人くんにキスしてほしい」

「そうだけど……でも……」

俺はためらい、水琴さんのみずみずしい柔らかい唇を見つめた。

水琴さんの提案が魅力的でないといえば嘘になる。

こんな可愛い子に望まれて、キスをできるなんて、もう一生ないかもしれない。

俺は覚悟を決めた。

水琴さんがいいと言っているんだから、と思い、俺は水琴さんの肩を抱いた。

水琴さんが目を見開き、ちょっとこれ以上はないんじゃないかと思うぐらい顔を真っ赤にした。

「ほ、ホントにするの？」

「水琴さんがそうしてほしいと言ったから」

「う、うん」

水琴さんは目をつぶり、俺に身を委ねた。

あとは、俺からキスをするだけだ。

俺は水琴さんの顔に、そっと近づいた。

ちょんと、俺の口が水琴さんに触れる。

「あれ？」

水琴さんが不思議そうにつぶやく。

俺はそのまま水琴さんから離れた。

水琴さんは目を開けて、自分の頬をさすった。

俺は微笑した。

「さすがに唇にキスしたりするのはどうかと思ったから」

「だから、ほっぺたにキスしたの？」

「そういうこと」

まあ、さすがに本当に付き合っているわけでもないのに、唇同士で気軽にキスしたりはできない。

水琴さんがうーっと俺を不満そうに睨み、しばらくしてから、くすくすっと笑った。

「期待して損しちゃった」

「期待してたの？」

「そんなこと聞く？」

「いや、今の質問は取り消すよ」

「答えてあげる。ほっぺたにキスでも嬉しいけど、唇にキスしてくれたらもっと嬉しいと思う。わたし、晴人くんがそうしてくれることを期待してるんだよ？」

「ええと、水琴さんは男嫌いだから、そういうこと嫌いだと思ってたけど」

「晴人くんだから、いいんだよ。わたし、他の人とそんなことしたことないし。晴人くんは女の子とキスしたことある？」

俺は首を横に振った。

もちろん夏帆ともそんなことをしたことはない。

「それなら、わたしと晴人くんが唇同士でキスするときは、お互いファーストキスってことだよね」

「そうすることがあれば、ね」

「わたしは……あるといいと思ってるの。晴人くんもそう思うようになってくれたら、嬉しいな。そうなったときに、今度はちゃんとキスしてほしい」

水琴さんはすごく楽しそうに微笑んだ。

水琴さんの言葉を聞いて、俺も気づいた。

今日の朝からの水琴さんの言葉や行動を考えると、ある結論に達する。

夏帆が俺を好きだとずっと誤解していたから、どうも俺は自分の感覚に自信が持てないのだけれど。

俺のことが本当に好きなのかもしれない。

たぶん水琴さんは単に恋人同士のフリがしたいのではなくて。

水琴さんが俺のことを好き。

確信はないけれど、たぶんそうだ。

なら、俺はどうしたらいいんだろう？

俺が好きなのは夏帆だ。

そして、水琴さんから正式に告白されたわけでもない。

でも、水琴さんが俺を大事だと思ってくれるなら、それはとても嬉しいことで。

俺は考えがまとまらないまま、電車に揺られていた。

急に固まった俺を、心配そうに水琴さんがのぞき込む。

「晴人くん？　どうしたの？」

水琴さんの綺麗な顔が近くにあって、俺はどきりとする。

自分が赤面するのがわかる。

水琴さんを意識しているからだ。

俺は首を横に振った。

「な、なんでもないよ。それより駅についたから」

そう言うと、俺は電車の座席から立ち上がりホームへと降りた。

隣町はかなりの都会だ。

改札を出ると、駅構内にはだいぶ多くの人が歩いている。

ここから水族館へ行くためにはこの町の市営地下鉄に乗る必要がある。

地下鉄なら昔この町に来たときに使ったこともあるし、前もって調べてもきたのだけれど、それでもちょっと迷いそうだ。

俺が水琴さんを振り返り、道を説明しようとすると、水琴さんは顔を赤くしてなにやらもじもじしていた。

どうしたんだろう?

「あ、あのね。わたし、晴人くんに、手を……」

「つないでほしい?」

俺が聞くと、水琴さんはこくこくとうなずいた。

恋人のフリをしたいから、という理由かと思ったら、ちょっと違った。

「はぐれちゃいそうで怖いの」

俺はくすっと笑った。

水琴さんはちょっと不満そうに俺を見る。

「なんで笑うの？」

「いや、水琴さん、可愛いなと思って」

俺がそう言うと、水琴さんの不満そうな表情は一瞬で消えて、かあぁぁと顔を赤くした。

ころころと表情が変わって、本当に可愛いと思う。

ちょっと前までは、俺は教室での水琴さんの姿しか知らなくて、クールで感情を表さない冷淡な人だとずっと思っていた。

でも、本当の水琴さんはこんなに表情豊かなのだ。

俺は水琴さんに手を差し出した。

「手をつなごう」

「うん」

水琴さんは俺の手の指に自分の指を絡めた。

……これは完全に恋人つなぎというやつだ。

ちょっと恥ずかしい。

俺が水琴さんの手を引くと、水琴さんも俺の後をとてとてと付いてきた。

地下鉄の出入り口へ向かいながら、俺は水琴さんに尋ねた。

「水族館ではなにか見たいものがあるの？」

ペンギンとかそういうのかなあと、俺は思っていたけれど、水琴さんの答えは違った。

「あのね。ここの水族館、イワシがたくさんいるんだって」

「イワシ？　あの干物にして食べるやつ？」

「そうなんだけど、イワシが三万五千匹いるの。それが一斉に泳いでいて、とてもきれいなんだって。テレビでやってたの」

数万匹のイワシが水槽で泳いでいる。

それが綺麗。

あまりピンと来ない。

でも、水琴さんが楽しみにしているんだから、見てみたら本当に綺麗なのかもしれない。

ちょっと風変わりだけど、面白そうだ。

「楽しみだね」

「うん」

水琴さんはうなずくと、恥ずかしそうに小声で言った。

「ちょっとお手洗い行ってきてもいい？」

「いいけど、一人で行ける？」

「行ける！」

水琴さんが顔を真っ赤にした。

さすがに子供扱いしすぎたかな。

俺は微笑（びしょう）すると、水琴さんは顔を赤らめたまま、トイレを探しに行った。

すぐに戻ってくるだろう。

俺はそう思っていたけれど、違った。

水琴さんがなかなか戻ってこない。

十分たった。

俺は不安になってきた。

迷子になったんだろうか。

いや、もっとまずい事態の可能性もある。

水琴さんは帰り道に他校の男子生徒に襲（おそ）われそうになっていたこともある。

あれがどういう事情だったのかはわからないけれど、また同じようなことになっていたらまずい。

俺はいてもたってもいられなくなって、水琴さんに電話したけれど、つながらない。

どうしよう？

俺はあたりを見回した。

探しに行きたいけど、この場から離れたら、間違いなくはぐれてしまう。

でも、俺の悩みはすぐに意味がなくなった。

後ろからとんとんと肩を叩かれる。

振り返ると、水琴さんが微笑んでいた。

「ごめんなさい。待たせちゃって」

「心配したよ。なかなか戻ってこないから」

「ま、迷子にはなってないから、大丈夫」

「もしかして、なりそうになった？」

水琴さんが顔を赤くした。

図星なんだろうな、と思う。

「でも、それが遅くなった理由じゃないから」

「なら、どんな理由で……」

「女子にはいろいろと言えないことがあるの」

水琴さんはそう言うとくすりと笑った。

よくわからないけど、これ以上尋ねないほうが良さそうだ。

ともかく、俺が心配したようなことは何一つ起こっていなかった。

俺はほっとため息をついた。

でも、安心するにはまだ早かった。

妙な視線が俺たちに注がれていることに気づいたのだ。

ブレザーの制服を着た女子生徒が、数メートル離れた駅構内の柱の陰から俺たちをじっと見つめている。

たしかあれは、うちの町の中学の制服だ。

川向こうの学区の中学だったと思う。

彼女は俺たちに近づいてきた。

水琴さんは彼女に気づいていなかったみたいで、けれど振り向いて、さあっと顔を青ざめさせた。

その女子中学生はとても清楚な感じの美少女だった。

黒い髪をまっすぐに綺麗に伸ばし、黒目がちの大きな瞳は聡明そうに輝いている。

背はそれほど高くないけれど、スタイルも悪くない。

一挙一動にどことなく品があって、お嬢様っぽい印象を与えている。

おそろしく整った顔は冷たい印象で、そして、水琴さんに少し似ていた。

その子は俺の前に立つと、不思議な微笑を浮かべた。

「秋原晴人先輩ですね。はじめてお目にかかります。そして、姉がいつもお世話になっています」

「姉？」

「はい。私は遠見琴音と申します。遠見本家の娘で、そして水琴玲衣の妹ということです。以後、お見知りおきを」

遠見琴音と名乗った子は、胸に手を当てて、優雅な雰囲気で俺に挨拶の口上を述べた。

「デート中のところ申し訳ないのですが、少し姉をお借りしてもよろしいでしょうか？五分もお話ししたら、すぐにお返ししますから」

遠見のお嬢様は、穏やかに言った。

俺たちの町に本社を置く巨大企業グループ「遠見グループ」。

その経営者一族が遠見家だ。

町の川向こうにある大豪邸が遠見の屋敷で、水琴さんは少し前までそこに住んでいた。

俺にとっても、遠見家は本家筋にあたる。

水琴さんをちらりと見ると、怯えたように後ずさっていた。

大丈夫だろうか？

水琴さんは遠見の屋敷にいられなくなったと言っていた。

俺の父は、遠見家が水琴さんをひどく扱ったとも語っていた。

この水琴さんの妹だという子は、信用できるんだろうか？

「俺は君と水琴さんが少し話すぐらいかまわないけど……」

慎重に俺が言うと、遠見さんは綺麗に微笑んだ。

けれど、その表情はどこか作り物めいていた。

俺の内心を見透かしたように、遠見さんは言う。

「姉と妹が語り合うのを、それほど警戒なさらなくてもよいと思いますよ」

遠見さんは水琴さんの手をとった。

びくっと水琴さんが震える。

「さあ、姉さん。お話をしましょう。電話にも出てくれないから困っていたんですよ？」

あっという間に、遠見さんは水琴さんを連れて、俺から離れた場所へと行ってしまった。

駅構内のちょうど反対側の壁のあたりで、通行人の間から姿は見えるけど、騒音のせいで、二人が何を話しているかはまったく聞こえない。

　二人が話し始めると、遠見さんはとても楽しそうで、それだけを見ると微笑ましい姉妹の会話にも見えなくもない。

　けれど、反対に、水琴さんの顔はどんどん暗くなっていく。

　しばらくして、こちらに戻ってきた水琴さんの顔を見て、俺はぞっとした。

　水琴さんの顔は何か怖ろしいものを見たように、恐怖に引きつっていた。

「だ、大丈夫？　水琴さん？」

「平気。……だけど」

「だけど？」

「ごめんなさい。秋原くんには悪いけど、今日はもう、わたしは帰るから」

　いま、水琴さんはなんて言った？

　あれほど行きたがっていた水族館へのデートはやめるという。

　それに、呼び方も「晴人くん」から「秋原くん」に戻っている。

「それと、恋人のフリも……終わりにしましょう」

「え？」

「だって、秋原くんはわたしのことを好きじゃないし、わたしも秋原くんのことを好きじゃないのに、馴れ馴れしくするのって、やっぱり変だなって」

「それは水琴さんの本心？」

俺がまっすぐに水琴さんを見つめると、水琴さんは苦しそうに目をそらした。

その青い瞳にはうっすら涙が浮かんでいる。

恋人のフリをやめたいというのは、きっと水琴さんの意思じゃない。

遠見さんにきっと何か言われたのだ。

そして、遠見さんが言ったのは、これだけ水琴さんの様子を変えさせてしまうぐらい、ひどいことなんだろうと思う。

俺は水琴さんの肩を軽くつかんで、こちらに引き寄せた。

あっ、と水琴さんはつぶやくと、顔を赤くした。

「あの子に何を言われた？」

「それは……言えないの」

「言えなくてもいいけど、でも、たとえひどいことを言われても、気にする必要はないよ。俺は水琴さんの味方だから」

水琴さんが大きく目を見開き、嬉しそうに微笑んで、でも、首を横に振った。

「秋原くんが心配することじゃないよ。大丈夫。わたし、やっぱり東京の女子寮に行くことにしたから」

俺は呆然とした。

すべてがひっくり返った。

本当にどうしたんだろう？

いったい遠見さんは何を言って、これほど水琴さんを変えてしまったのだろう？

「わたし……秋原くんに、迷惑をかけたくない。それ以上の感情は……わたしは、秋原くんに持ってなんか……いないから」

水琴さんは途切れ途切れにそう言うと、そっと俺から離れた。

そして、俺を青い瞳でじっと見つめた。

「秋原くん、今日はありがとう。わたし、ここから家に一人で帰るから。さよなら。たぶん、本当のお別れもすぐだと思う」

そう言うと水琴さんは人混みのなかへと駆け出した。

しまった。

俺は追いかけようとしたが、通行する人たちに阻まれて追いつけない。

このままだと見失いそうだ。

そのとき、俺は誰かに袖を引っ張られた。

振り返ると、遠見さんがそこにはいた。

遠見さんはにっこりと笑った。

「不作法ですみません」

「ごめん。急いでいるんだ」

「姉を追いかけるんですか？　無駄だと思いますよ。もうあの人は先輩の恋人ではいられないんですから」

俺は思わずきつく遠見さんを睨んだが、遠見さんはまったく気にした風もなく肩をすくめた。

「先輩は何も知らないんですよ。私の姉のことも、佐々木夏帆さんのことも」

「夏帆？」

どうしてここで夏帆が出てくるんだ？

俺が混乱した隙をついて、遠見さんはさっと姿を消した。

たぶん、遠見さんが俺に話しかけた理由は一つ。

俺に水琴さんを追わせないようにしたかったんだろう。

実際に俺は水琴さんの姿を完全に見失った。

俺は後悔した。

水琴さんを離すべきではなかった。

でも、さすがに今日明日で家からいなくなったりはしないだろうし、水琴さんと話し合う時間はあるはずだ。

俺は町へ戻る路線のホームへと急いだ。

けれど、俺がホームに着くと、ちょうど白い電車の扉が閉まり、出発するところだった。

きっとあれに水琴さんは乗っている。

運が良ければ、車内で合流できると思っていたのだけれど。

俺は天を仰いだ。

いつのまにか、外は土砂降りの雨だった。

みんな傘を持っている。

俺も傘を買わないと。

そして、次の電車が来るのを待つ間、電車に乗っている最中、そして降りて家へと向かうまで、ずっと水琴さんのことを考えていた。

水琴さんは俺のことを好きじゃないと言っていた。

たぶん遠見さんのせいでそう言わされたのだと思うけれど、それが本心だったらどうしよう？

水琴さんは俺のことを好きなのかもしれないと思ったけれど、それは誤解だったということになる。

それに、遠見琴音さんというお嬢様。

遠見さんはいったい何者なのだろう？

もし遠見さんが水琴さんを苦しめているなら、彼女は俺の敵だ。

そして、水琴さん自身の問題。

どうして水琴さんが遠見の屋敷にいられなくなったのか、俺は知らない。

そして、自分が遠見の「偽物のお嬢様」だとも水琴さんは言っていた。

他の兄妹とは母親が違う、とも。

遠見さんの言っていたことは正しい。

結局、俺は水琴さんのことを何も知らないのだ。

だから、知ろうとしないといけない。

俺は水琴さんに一緒の家にいてほしいと言った。それは正直な気持ちだ。

だから、水琴さんが本心から望んでいないなら、東京の女子寮に引っ越すなんて話は止めてしまいたい。

俺は水琴さんとどう話し合おうかと、頭の中でシミュレーションを繰り返した。

心は水琴さんのことでいっぱいになっていて、俺は他のことを考える余裕がなくなっていた。

俺は、家に帰れば水琴さんが先に戻っているものだと思いこんでいたけれど、期待を裏切られた。

玄関(げんかん)の前で、一人のセーラー服の女の子が待っていた。

短めの綺麗な髪をしたその子は、元気がなさそうに扉を背にして、廊下(ろうか)に座(すわ)り込(こ)んでいた。

俺が戻ってきたのに気づいたのか、その子は顔を上げた。

「お帰り、晴人」

俺を待っていたのは夏帆だった。

第九話　二人とのキス——chapter.9

どうして夏帆がうちに来ているんだろう？

それに鍵を使わなかったのはどうしてだろう？

それを尋ねる前に、俺はもっと大事なことに気づいた。

夏帆は髪もセーラー服もびしょ濡れだった。

俺は慌てた。

「早く乾かさないと」

「どうしてここにいるのか、聞かないの？」

「それより夏帆が風邪を引かないようにするほうが大事だ」

俺がそう言うと、夏帆は「うん」と弱々しくうなずき、ちょっと嬉しそうに微笑んだ。

玄関の扉の鍵を開け、夏帆を中にいれる。

そして、食卓の椅子に腰掛けてもらった。

やっぱり水琴さんはまだ帰っていないらしい。

俺はタオルを夏帆に渡そうとしたら、夏帆はじっと俺を見た。

「晴人に髪を拭いてほしい」

甘えるように夏帆は俺に言った。

どうしたんだろう？

いつもと態度が違う。

夏帆は元気いっぱいの明るい子だけど、今の夏帆はどこか儚げだった。

俺はうなずいて、椅子に座った夏帆の髪にそっとタオルを当てた。

夏帆が俺に言う。

「今日、何の日かわかる？」

俺は考えた。

何かあったっけ？

十二月の平日。祝日ではない。

べつに夏帆の誕生日とかでもない。

そして俺は思い出した。

「夏帆のお父さんが亡くなった日だったね」

「うん」

夏帆の父親は事故で亡くなっていた。まだ、夏帆が生まれる前のことだ。

その事故の日から、十ヶ月ぐらい後に夏帆が生まれている。

数年前までは、この日の夏帆の父の墓参りに俺も参加していた。

夏帆の母は医者で、気丈な人だったけれど、この日だけはいつも弱々しかった。

そして、「わたしたちだけでは寂しいから」と言って、俺と俺の父さんをいつも呼んでいたのだ。

俺の両親と夏帆の両親は学生時代の友人だったらしい。

俺と夏帆が幼馴染なのも、その縁によるところが大きい。

父親のいない夏帆は、俺の父さんにけっこう懐いていた。

夏帆は俺にされるがまま、髪を拭かれていた。

「お父さんが事故にあったときと同じぐらいのときに、あたしの父親とあたしのお母さんはセックスして、それであたしが生まれたんだよね」

「まあ……そういうことだろうけど」

そんな当たり前のことを口に出さなくても、と俺は言いかけて、なにかひっかかるものを感じた。

「お父さん」と「父親」。

なんで夏帆は呼び方を揃えなかったんだろう？

俺はある程度タオルで夏帆の髪の水分をとると、タオルを渡して、俺自身はドライヤーを持ってこようと洗面台へと行った。

そして、戻ってきたら俺は腰を抜かしかけた。

夏帆は立って俺に微笑みかけていた。

でも、いつのまにかセーラー服は脱いでいた。

夏帆は、スポーツ用の真っ白な下着だけしか身につけていなかった。

後は肩からタオルをかけているだけだ。

「もっと色気のある下着のほうがよかった？」

くすくすっと夏帆は笑った。

そういう問題じゃないと思う。

俺は自分の顔が赤くなるのを感じた。

好きな人が目の前でほとんど裸同然の姿でいる。

しかも、下着も水分を含んでいて、うっすらと透けている。

夏帆がそっと俺に近寄って、俺の頬を撫でた。

「晴人が、恥ずかしがってる。ちょっとおもしろいかも」

「なんで服を脱いでるの？」

「だって、濡れちゃったもの」

「その格好のままはやめてほしいな」

「本当は見たいと思っているくせに」

夏帆はいたずらっぽく微笑んだ。

俺は混乱した。

夏帆はいったい何がしたいんだ？

「シャワー浴びてきていいからさ。着替えも用意するから」

「ダメ。あたしは晴人と話をしにきたんだから、そっちが先だよ？　たぶん、この話が終わったら、もう本当に二度とこの家には来ないから、安心して」

「話？」

「もしここで晴人とあたしがセックスしても子どもが生まれるんだよね？」

「そりゃそうだろうけど……そんなことは起こらないよ」

「起こらないって言い切れる？」

夏帆は顔を赤くして、俺を見つめた。

下着姿で恥じらいながらそんなことを言われたら、誘惑されていると勘違いしかねないと思う。

今日の夏帆はなにか変だ。

「あたしね、晴人に告白されたとき、怖かったんだ」

「怖かった？」

「あたしのことを好きだって言ったとき、晴人の様子はいつもと違ったから。そのとき、晴人も男の子なんだなって感じて、怖くなったの」

「もし怖い思いをさせたなら、悪かったよ」

俺はバツの悪い思いをした。

たしかに告白したのは、この部屋で二人きりのときで、いきなり好きだと言われたらびっくりしただろうなと思う。

「でも、嬉しかったんだよ。わたしは晴人に好きって言われて」

「夏帆にとっては、迷惑なだけだと思っていたよ」

なんだかおかしい。

夏帆はこう思っていると思っていた。

俺とはただの幼馴染でいたい。だから俺が夏帆を好きにならなければよかった。告白なんてされたくもなかった。

でも、今の夏帆の言葉からすると、少し違うみたいだ。

夏帆は俺を上目遣いに見つめた。

「水琴さんと付き合っているんだよね？」

「うん。そうだね」

「おめでとう」

夏帆は寂しそうにそう言った。

正確には恋人のフリだし、恋人のフリもやめようと言われたから、これで答えはいいのかわからないけれど。

「水琴さんとはどんなことをしたの？　恋人っぽいことした？」

「手をつないだりとかかな」

「キスは……もうした？」

「うん」

俺がうなずくと、夏帆が暗い表情で俺をじっと見つめた。

慌てて、俺は補足した。

「キスといっても、頬に一回しただけだけど」

「そうなの？」

「それ以上のことはできてないよ」

「そっか」

夏帆はぱっと顔を明るくした。

なんで俺が水琴さんとキスをしていないと聞いて、そんなに喜ぶんだろう。

まるで夏帆が水琴さんに嫉妬しているみたいだ。

でも、夏帆は俺のことをなんとも思っていなくて、振ったはずなのに。

「あたしはね、とっても悪い子なんだよ」

「それ、前も言ってたね」

「でも、どうして悪い子なのか、理由の全部を教えていなかったよね」

「理由？」

「あたしは嘘つきなの」

そう言うと、夏帆は濡れたタオルを手に取り、俺の首にふわりとかけた。

俺はびっくりして、タオルに気をとられた。

それが良くなかった。

次の瞬間、夏帆が俺に身体を寄せた。

俺がとっさに壁際へと後ずさると、夏帆は俺に全体重を預けるように身を委ねた。

夏帆の胸が下着越(したぎご)しに俺に密着する。

赤面する暇(ひま)もなかった。

次の瞬間、夏帆の唇(くちびる)が俺の唇に触(ふ)れていた。

柔(やわ)らかく瑞々(みずみず)しい感触(かんしょく)が伝わってきて、ふんわりと甘い味がした。

俺は混乱したまま、夏帆にされるがままになっていた。

やがて、夏帆は俺から離れると、頬を真っ赤にして、つぶやいた。

「好きな人とするキスってこんなに気持ちいいんだ」

そして、泣きそうな顔で俺に微笑(ほほえ)みかける。

「晴人のファーストキス、もらっちゃった。水琴さんじゃなくて、あたしが晴人の最初の相手なんだ」

「どうして……こんなことを？」

「晴人は気持ちよかった？　ううん、聞かなくてもわかるよ。よかったんだよね」

夏帆は俺の様子を見て、静かに言った。

「あたしも晴人も、悪い子だ。あたしの本当の父親は、晴人のお父さんなの。この意味、わかる？」

俺の父さんが、夏帆の父親？

それってつまり……。

「晴人はあたしの血のつながった弟で、あたしは晴人の本当のお姉さんなの」

夏帆はそう言って、うるんだ瞳で俺を見つめると、もう一度、俺に唇を近づけた。

俺は完全に硬直していて、避けることもできないまま、夏帆のキスを受け入れた。

そのとき、玄関の扉が開いた。

水琴さんが青い瞳を大きく見開いて、俺たちを見つめていた。

水琴さんは呆然としていた。

タイミングが悪い。

夏帆が俺に抱きつき、そしてキスをしていたのを見て、水琴さんがどう思ったか。

きっと誤解したはずだ。

水琴さんは俺たちを悲しそうに見て、そして、瞳から大粒の涙をこぼした。

「やっぱり……わたしの居場所なんてどこにもないんだ」

そう言うと、水琴さんは涙をぬぐうと、玄関の扉をもう一度勢いよく開け放った。

そして、走り去ってしまった。

もう結構遅い時間だし、外は大雨だ。

どこに行くつもりなんだろう。

俺は止めるために慌てて外へ出ようとしたが、夏帆に腕をつかまれた。

「水琴さんを追いかけるの？」

「そうしない選択はないよ」

「あたしより水琴さんのほうが大事？」

「そんなこと言ってない」

「あたしが晴人のことを好きだって言っても、水琴さんのことを追いかける？」

俺はまじまじと夏帆を見つめた。

顔を赤くしながら、夏帆は肩を両腕で抱いた。

「あたしは晴人のお姉さんだから、だからずっと自分の気持ちを抑えてたの。ずっとただの幼馴染でいられれば、それで良かったのに」

俺の父さんが夏帆の父親だなんて、そんなわけはないと思うけれど。

たしかに夏帆のお母さんと、俺の父さんは昔は親しかったらしい。

二人は学生時代の友人という以上に、幼馴染でもあったのだ。

でも、だからといって、あの穏やかな父さんが不倫をして夏帆の父親となったなんて、ちょっと信じられない。

ともかく、夏帆が俺を振ったのは、俺と血がつながっているかららしい。

俺と夏帆の血がつながっているということが事実かどうかはわからないけれど。

確かなことは、夏帆は俺のことを本当は好きだったのだ。

なんてことだ。

俺は言った。

「もっと早く言ってくれればよかったのに」

「言えないよ。こんなこと、言えるわけない。でも、晴人と水琴さんが仲良くしているのを見たら、我慢できなくなっちゃったんだよ。晴人があたしより水琴さんのことを大事にしているのを見ると、胸が痛いの。だから……水琴さんを追いかけないで」

「俺はべつに夏帆と水琴さんを天秤にかけているつもりなんてないよ」

「でも、晴人は選ばないといけないよ。きっと、いつか」

「そうだね。けど、今は水琴さんを追いかける。俺は水琴さんの味方をするって言ったんだ。水琴さんはね、東京の寮に引っ越すって言ってる」

夏帆は息を呑んだ。

俺は簡単に夏帆に事情を説明した。

「水琴さんが本当にそれを望んでいるなら、いいと俺は思うけど、たぶん違う」

「あたしも……そうだと思う。だって、あの子、すごく晴人のことが好きみたいだもの。

自分からこの家から出ていくなんて言わないと思う」

俺はうなずくと、玄関で靴を履いた。

そして夏帆を振り返る。

「俺と夏帆が姉と弟だなんて、なにかの間違いだよ。だから、今度かならず一緒に調べてみよう」

夏帆は瞳を見開いて、うなずいた。

「あたし、待ってるから」

俺は玄関の扉を開けて、外へと出た。

アパートの廊下の排水溝が詰まっていて、水がたまりはじめていた。

雨はますますひどくなっていて、真っ暗な空に一瞬だけ光が広がった。

間を置かず、凄まじい音が鳴り響く。

雷だ。

俺は水琴さんの行き先を考えた。

水琴さんなら、どこへ行くだろう。

学校？　近くの公園？　薬局？　本屋？

けど、そのどれでもなくて、水琴さんはすぐに見つかった。

アパートを出てすぐの坂道で、水琴さんは震えながらしゃがんでいた。

傘もささずに、水琴さんは怯えるように身体を縮めている。

そして、両手で耳を塞いでいた。

俺は身をかがめ、水琴さんを雨から守るように後ろからそっと肩を抱いた。

びくっと水琴さんが身をよじり、俺を振り返った。

「秋原くん？」

「こんなところで座り込んで、どうしたの？　風邪を引くよ」

「雷が……怖いの」

水琴さんは涙目で俺を見上げた。

意外と怖がりなんだな、と俺は思った。

こういうところも、普段とギャップがあって、水琴さんは可愛いと思う。

俺はなるべく優しくささやきかけた。

「大丈夫。怖くないよ」

「その言い方、子ども扱いされてるみたい……。でも、秋原くんの身体とっても温かい」

水琴さんは安心したように、ほっとため息をついた。

俺はそれを見て、微笑んだ。

「俺たちの家に、戻ろう。そうすれば、雷も、他の水琴さんを脅かすものも、何もないから」

「でも、佐々木さんがいる。……秋原くんと佐々木さんって、やっぱり両思いだったんだ。わたし、馬鹿みたい。秋原くんに優しくされて、一人で舞い上がって、恋人のフリなんかさせて……ぜんぶ、ぜんぶ、秋原くんには迷惑なだけだったんだよね」

「迷惑なんかじゃないよ」

「嘘つき」

「俺は水琴さんと一緒にいたいって言ったよ。あれは嘘じゃない。恋人のフリだって、すごく楽しかった」

水琴さんが大きく目を見開いた。

俺は畳み掛けるように、夏帆との事情を説明した。

夏帆が俺を振ったのは、俺を血のつながった弟だと思っていたからだってこと。

水琴さんに嫉妬して、夏帆がいきなりああいう行動に出たということ。

水琴さんが信じられないというふうに、首を横にふる。

「佐々木さんがわたしに嫉妬？」

「だって、第三者からみたら、俺と水琴さんは完全完璧な彼氏彼女に見えていたんだから」

水琴さんはびっくりしたような顔をして、それから弱々しく微笑んだ。

「それはちょっと……嬉しいかも」

「だから、俺と夏帆は付き合ってるってわけではないよ。水琴さんを騙してたわけじゃない」

「その……秋原くんと佐々木さんが姉と弟って本当の話なの？」

「夏帆が何を根拠にそう言っているのかはわからないけど、俺はなにか誤解があるんじゃないかって思ってる」

「もし、それが誤解で……血のつながった姉弟じゃなくて、誤解が解けたら、秋原くんは佐々木さんと付き合うの？」

俺は考えて、そして答えた。

「わからない。俺は夏帆のことがずっと好きだったけど、今もそうかはよくわからないんだよ」

「他に好きな人がいるの？」

「好きかもしれない人なら」

「桜井さん？」

俺は首を横に振った。

ユキじゃない。

俺には、いま目の前にいる相手が好きかもしれないと言う勇気はまだなかった。

俺は水琴さんのことが好きなのかもしれない。

秋原くんが好きかもしれない人って誰なんだろう、と水琴さんはかすれるような声でつぶやいた。

「どっちにしても、わたしの居場所はないんだよね。ううん。わたしは、もうこの町からいなくなるし、関係ないか」

「水琴さん、本当に東京の寮へ行くの？」

「もう決めたの。今日の夜に秋原くんのお父さんに電話するから」

「本当にそれでいいの？　それが水琴さんの望み？」

俺が見つめると、水琴さんは目をそらした。

水琴さんは首を横に振った。

「わたしだって、本当はずっと秋原くんの家にいたいよ。わたしの望みは……秋原くんと一緒にいることだもの」

「なら、そうすればいいのに」

「でも、それはダメなの。秋原くんに迷惑をかけちゃう。遠見（とおみ）の人たちが、わたしが秋原くんの家にいることを許さないから」

「迷惑なんて気にしない」

「それは秋原くんが遠見の家の怖さを知らないから、そう言えるんだよ。あの人たちは、わたしと親しいってだけで、秋原くんのことも傷つけようとしてる」

「そんなの、全然、怖くないよ」

「ダメだよ。わたしのせいで、秋原くんが傷つくところなんて見たくない！」

「俺は……」

「だから、わたしに優しくしないで……！」

水琴さんはそう言うと、力いっぱい暴れて俺を振り払(はら)った。

まずい。

水琴さんは雨の中、坂道を駆け出した。

俺が慌てて追いかけると、水琴さんは交差点を左に曲がった。

そっちは交通量の多い国道だ。

しかも、冷静さを失った水琴さんは、信号が赤ということも確認(かくにん)していないみたいだった。

俺は顔を青くした。

土砂降りの雨の向こうから、タンクローリーが勢いよく走ってくる。

ちょうど道を渡ろうとしていた水琴さんはそれを見て、固まった。

恐怖で動けなくなっているのかもしれない。

水琴さんの震える身体に、タンクローリーは確実に迫っていた。

俺は反射的に飛び出した。

水琴さんを抱きかかえると、俺は反対側の歩道へと倒れ込んだ。

間一髪のところで、タンクローリーはそのまま道路を走り去っていった。

俺はほっとため息をつくと、真下の水琴さんを見下ろした。

俺も水琴さんも雨と泥でびしょびしょになっていてひどい格好だった。

俺は膝をついていて、仰向けの水琴さんを組み敷く形になっていた。

水琴さんが小さく嗚咽をもらしていた。

その瞳からは涙が流れている。

「どうして、わたしを助けたの？」

「助けないわけがないよ」

「秋原くんだって危なかったんだよ！　……わたし、あのまま死んじゃってもよかったのに」

「そんなこと言わないでよ」

「わたしは秋原くんに優しくされる価値なんてないの。わたしがいなければ、わたしのお父さんもお母さんも死ななかった」

水琴さんは泣きながらそう言った。

俺はゆっくりと水琴さんに尋ねた。

「どういうことか、教えてもらってもいい？」

俺は水琴さんの事情に立ち入らないようにしてきた。

他人だから、と思ってそうしてきた。

でも、もう水琴さんは他人じゃない。

俺の……大事な存在だ。

水琴さんはちょっとためらってから、ぽつぽつと話し始めた。

「わたしのお母さんはね、スウェーデン人とのハーフで、すごく美人だったの」

「まあ、水琴さんのお母さんなんだから、そうだろうね」

俺の言葉を聞いて、水琴さんは頬を赤らめた。

「秋原くん……そういうことを無自覚に言うの、良くないよ」

「無自覚じゃないよ。水琴さんが可愛いと思って、わざと言ってる」

水琴さんはますます顔を赤くして、視線をそらした。

恥ずかしがっている水琴さんは、ちょっとだけ元気を取り戻したみたいだった。

「えっと、あの、その、そうじゃなくて！　……わたしのお母さんは遠見家の当時の当主の愛人で、わたしはいわゆる私生児なの」

それで、水琴さんは母親の名字を使っているのか。

やっと事情が理解できた。

偽物のお嬢様、というのも、そういうことなんだろう。

愛人の娘であれば遠見家で歓迎される存在でなかったというのも想像がつく。

それでも、遠見家の令嬢であることは間違いないのだ。

「でもね、わたしのお父さんは奥さんより、わたしのお母さんのことのほうが好きだったみたい。わたしが小学生のときに、わたしとお母さんを連れて香港に行こうとしたの」

「駆け落ちってことだね」

「そういうことだと思う。だけど……」

香港行きの船が沈んだ。

たしか当時はかなりニュースになっていたはずだ。

俺も思い出した。

　そして、水琴さんの両親は娘を助けようとして犠牲になった。

「だから、琴音は……わたしの妹は、すごくわたしのことを嫌ってる。ううん、琴音だけじゃない。遠見家の人はみんなわたしのことを憎んでるの。わたしとわたしのお母さんがいなければ、お父さんは死ななかったんだって」

「水琴さんのせいじゃないよ」

「でも、わたしが琴音の立場だったら、わたしのことを許せないって気持ち、わかる気がするの。わたしのお父さんは、琴音と琴音のお母さんじゃなくて、わたしとわたしのお母さんを選んだ。しかも、そのせいで死んじゃったんだから」

「俺は遠見家の人間じゃない。だから、俺は水琴さんの味方だよ。たとえ遠見家の人たちがどんなことを言おうと、どんなことをしようと」

　水琴さんは首をふるふると横に振った。

「琴音は、わたしと秋原くんが一緒にいるのを許さないって言ってた。一人だけ幸せそうに、大事な人と一緒に住んでいるなんて、許せないって。だから、わたしがそばにいるかぎり、遠見家の力を使って、秋原くんのことも無茶苦茶に傷つけるって」

　水琴さんはそう言うと、震えた。

　俺たちは雨に打たれたまま、互いを見つめ合った。

そういうことか。

だから水琴さんは俺と恋人のフリをやめて、東京へ行くと言い始めていたのか。

俺はそんな脅迫をした遠見のお嬢様に怒りを感じたが、まずは目の前の水琴さんにどう言えば、説得できるかが問題だった。

水琴さんは小さな声で言う。

「遠見家は怖い。本当に怖いの。あんな怖い人たちが秋原くんのことを傷つけようとしているなんて、わたしは耐えられない。だから、わたしはいなくなるの。わたしはもう秋原くんと……」

「玲衣さん」

俺は水琴さんの下の名前を小さく呼んだ。

びくっと水琴さん……いや、玲衣さんが震える。

「どうして……こんなときに名前を呼ぶの？　秋原くんは、ずるいよ」

「晴人くん、って呼んでくれないと。俺たちは恋人のフリをしているんだから」

「それはやめにするって言ったよ」

「俺はやめたくないんだよ」

「わたしだって、やめたくないよ。晴人くんに恋人みたいに甘やかしてもらいたい。だけど……」

「俺が玲衣さんを遠見家から、いや、玲衣さんを脅かすあらゆるものから守るから。だから、俺は玲衣さんにうちにいてほしい」

玲衣さんが大きく目を見開いた。

それでも、なお玲衣さんは迷うようにしていた。

俺は玲衣さんに重ねて言った。

「遠見家が怖いなら、一緒に戦えばいいよ。玲衣さんも俺も一人じゃないんだから、きっとなんとかなる」

「でも……」

「夏帆以外に好きかもしれない人がいるって、俺は言ったよね。あれ、玲衣さんのことなんだよ」

玲衣さんは一瞬、きょとんとした。

それから、顔をかぁぁっと赤くし、恥ずかしそうに身をよじった。

「わ、わたし？　ホントに、わたし？」

「他に誰がいると思う？」

「晴人くんが、わたしのことを好き……かもしれない。すごく嬉しいけど、『かもしれない』

ってなに？」

「いろんなことがいっぺんに起こりすぎて、自分の考えがまとまらないんだよ」

玲衣さんのことも、夏帆のことも、ユキのことも。

あまりにも同時に複雑な事情が明らかになった。

夏帆が俺の姉かもしれなくて、でも、俺のことは好きだというのが一番の問題だった。

夏帆が俺の姉にしろ、そうでないにしろ、それを解決してからでないと、俺は玲衣さんに向き合えそうになかった。

玲衣さんが俺を睨むむ。

「晴人くんって……優柔不断」

「ごめん」

「でも、いい加減な気持ちで好きって言うより、その方が誠実だと思う。だから、わたし、晴人くんに好きって言ってもらえるように頑張るから」

「え？」

「晴人くんに、佐々木さんよりも、わたしのことを好きになってもらうの」

「それって、つまり……」

「こないだ、晴人くんはわたしに言ってくれたよね。わたしと晴人くんの関係は、わたしがしたいように決めていいんだって」

「もちろん。忘れるわけない」

「わたしはね、決めたの。晴人くんの恋人になって、甘やかしてもらうんだって。わたし、晴人くんのことが好きだから。ううん、大好きだから」

玲衣さんは顔をますます赤くしながらも、嬉しそうに微笑んだ。

俺も自分の顔が赤くなるのを感じた。

やっぱり勘違いじゃなかった。

玲衣さんは俺のことが好きなのだ。

そして、玲衣さんは起き上がった。

玲衣さんは雨で濡れた銀色の髪を軽く払った。

その姿はとても綺麗で思わず見とれそうになった。

「告白の返事はいらないよ。晴人くんに考える時間をあげるから」

「ありがとう。あと、それは……うちに残るってこと？」

玲衣さんはこくっとうなずいた。

俺はほっとした。

ようやく玲衣さんは考えを変えてくれたらしい。

遠見の脅迫なんかで、玲衣さんが言いなりになる必要はない。

玲衣さんは俺の目を不安そうにのぞき込んだ。

「晴人くんは後悔しない？　わたしがいるせいで、ひどい目にあうかもしれない」

「後悔なんてしないよ。そういう玲衣さんは？」

「絶対に後悔なんてしない」

そう言って、玲衣さんは柔らかく微笑んだ。

こんなに可愛くて良い子が、俺のことを好きだと言ってくれる。

俺は頭がくらくらしてきた。

雨に当たりすぎたのかもしれない。

俺も玲衣さんも、早く家に戻らないと風邪を引いてしまう。

玲衣さんは小さく言う。

「告白の返事は待ってあげるけど、恋人のフリは続けるからね」

「え？」

「だって、わたしたちが同じ家に住んでいて、学校のみんなが噂してるってのは変わらないもの。それに、わたし、晴人くんと恋人のフリをしたいし。ダメ？」

「ダメじゃないよ。行けなかった水族館も、絶対、今度行こう」

「ありがと。晴人くんがそう言ってくれて、わたしとても嬉しい。だけど……」

「だけど？」

「晴人くん、わたしと恋人のフリをしているのに、他の女の子とキスした」

玲衣さんは頬を膨らませて、「浮気者」とつぶやいた。

慌てて、俺は言葉を選ぶ。

「あれは夏帆のほうから……」

「言い訳なんかじゃ、許してあげないもの。だから、わたしにもキスして」

「え？」

「ほっぺたなんかじゃ、許してあげない。唇に二回だから」

「ええ⁉」

「だって、晴人くん、わたしのことを『好きかもしれない』んでしょう？　だったら、わたしとキスしてみたいって思わない？」

「それはそうだけど……」

「わたしたち、恋人なんだから、キスしたってぜんぜん、おかしくないもの」

そう言うと、玲衣さんは瞳をそっと閉じた。

俺からキスしてほしい、ということらしい。

俺は覚悟を決めた。

玲衣さんの肩を抱きとめる。

そして、そっと玲衣さんの顔に近づく。

直前で玲衣さんがびくりと震える。

俺の唇が、玲衣さんの唇に触れた。

とても柔らかくて、温かかった。

俺がそっと離れると、玲衣さんは目を開けて、恥じらいながらも微笑んだ。

「ありがと。わたしはこれがファーストキスなの。晴人くんは違うと思うけど、でも、さっきの佐々木さんとのキスは、向こうからだったんだよね？」

「そうだよ」

「だったら、晴人くんのほうからキスしたのは、佐々木さんじゃなくて、わたしが初めてなんだ」

玲衣さんは弾んだ声で言う。そして、俺に顔を近づけた。

もう一度しようということらしい。

「今度はわたしから」

俺は慌てて目をつぶった。

玲衣さんの唇が俺の唇に触れて、ほのかな甘い香りがした。

玲衣さんは恥ずかしかったのか、すぐに俺から離れた。

そして、微笑む。

「佐々木さんが晴人くんとキスしたのは一回で、わたしは二回。勝っちゃった！」

「え？」

「えっと……その……俺は夏帆とも実は二回キスをしていて……」

玲衣さんは驚いた表情をして、それから俺を睨んだ。

「ふうん。二回もしたんだ」

「ええと」

「だったら、わたしは三回するんだから！　今度は晴人くんの番！」

「ええ!?」

「そうしないと許してあげないもの。わたしを……甘やかして。晴人くん」

そう言って玲衣さんは瞳を閉じた。

三度目でも恥ずかしいことに変わりはない。

俺は頭をくらくらさせながら、玲衣さんへと近づいた。

唇と唇を触れ合わせ、俺はすぐに玲衣さんから離れるつもりだった。

だけど、玲衣さんが両手で俺を抱きしめた。

逃げようとする俺を玲衣さんは許さず、唇も離そうとしなかった。

俺も玲衣さんも放心状態で、互いを見つめ合った。

しばらくして玲衣さんは唇を離し、笑った。

「わたし、佐々木さんに勝っちゃった」

「なんというか、その……恥ずかしかったな」

「でも、晴人くんも嬉しかったでしょ？」

俺がこくこくとうなずくと、玲衣さんはいたずらっぽく瞳を輝かせた。

「わたしも、ちょっと楽しくなっちゃった」

「えっと……あの、離してくれると嬉しいんだけど」

まだ、玲衣さんは俺を抱きしめたままだった。

でも、玲衣さんはくすっと笑うと、「ダメ」と小声で言った。

「離してあげない。これからもずっと」

「ずっと？」

「だって……わたし、今まで生きてきて、今が一番楽しいもの。晴人くんと一緒の家に住めて、恋人になれて、居場所がある今が、これまで生きてきて一番幸せだから。だから、絶対に晴人くんのことを離さない」

玲衣さんはそう言って、綺麗な白い手で俺をぎゅっと抱きしめた。

しだいに恥ずかしさはなくなってきて、玲衣さんの温かさだけが俺の心を占（し）めるようになっていった。

☆

アメリカ合衆国北東部。

ペンシルベニア州の大学の寮。

そこに私はいた。

私の名前は秋原雨音（あまね）。

雨音っていう名前を、私はけっこう気に入っている。

響きが良いし、それに、従弟（いとこ）の名前「晴人」とセットになっているからだ。

私が「雨」で、従弟が「晴」。

みんな明るい私と大人しい晴人を見て、逆のほうが似合うと笑いながら言う。

けれど、私はそうは思わない。

晴人はいつも、私の心を快晴の日の太陽のように照らしてくれた。

女子高校生だったとき、私は壊れかけていた。あのときも、晴人がいなかったら私はそのまま本当に駄目になってしまったと思う。

こうしてアメリカの大学に留学できてるのだって、晴人のおかげなんだと思う。

私は昔を懐かしみながら、晴人からのメールを読んだ。

そこには、こう書かれていた。

晴人とその幼馴染の佐々木夏帆が実は異母姉弟なのだと聞いた。

事実かどうか知ってるなら教えてほしい。

私はため息をついた。

晴人の父である和弥は優しい人だ。

和弥が夏帆の父なわけがないし、仮にそうだとしても、それを晴人に黙っているわけがない。

晴人のことが好きなの、と言って、夏帆は私に恋愛相談をしに来たことがある。

そのときの夏帆は頬を染めていて、すごく可愛かった。

その夏帆に、誰かが残酷な嘘を吹き込んだ。

そろそろ大学はクリスマス休暇に入る。

一時帰国の時期だ。

遠見の問題も解決しないといけない。

いま、晴人と夏帆と水琴さんの三人を助けられるのは、きっと私だけだ。

私が晴人たちを救わないといけない。

「だって、私は晴人君の従姉のお姉さんなんだものね」

そう独り言をつぶやくと、私は晴人の写真を眺めながら微笑んだ。

番外編 わたしの居場所 ——— special

わたしはずっと一人ぼっちだった。

お父さんとお母さんが事故で死んじゃって、遠見の屋敷に引き取られてから、わたしには誰も味方はいなかった。

家では妹の琴音たちから憎まれていたし、銀髪碧眼の容姿のせいで、学校でも浮いてしまっていた。

わたしは孤独で、ずっと一人で生きて行く。誰にも借りも作りたくないし、誰かに頼ったりなんてしない。

そう思っていた。

でも、それは変わった。

今のわたしの隣には一人の男の子がいるからだ。

晴人くんの家に住み始めてから、わたしは変わってしまった。

最初は、男の子と一緒に暮らすなんて嫌だった。

わたしのお父さんもお母さんも、わたしのことを可愛がってくれていたけれど、わたしはお父さんが愛人であるお母さんに産ませた私生児だった。

お父さんがお母さんのことを本当に大事に思っていたのは知っている。でも、二人の不倫(ふりん)がみんなを不幸にしたことは間違いない。

異母妹の琴音がわたしを憎むのもそれが理由だ。

だから、わたしは男の人や恋愛に対して抵抗感(ていこうかん)があった。

でも、晴人くんのことは、不思議と嫌いになれなかった。きっと、それは晴人くんがとても優しくて……わたしの望みを叶(かな)えてくれるから。

わたしたちは雨でずぶ濡れになっている。制服のスカートが雨でずっしりと重い。晴人くんも髪(かみ)もコートも制服のズボンもびしょびしょになっている。

冬の風がとても冷たい。

早くわたしたちの家へ帰って、温かいお風呂(ふろ)に入ろう。

そう。

わたしたちの家。そう呼ぶことを、晴人くんは許してくれた。

わたしは東京に行くのをやめて、晴人くんと一緒に住むことを選んだ。それだけじゃなくて、キスもしてしまった。

思い出すだけで、顔が熱くなる。晴人くんが佐々木さんと二回キスしたから、わたしは三回するんだと言って、本当に三回もしてしまった。

はしたない、って思われていたらどうしよう……？

わたしが歩きながら、上目遣いに隣の晴人くんを見つめると、晴人くんはくすっと笑った。

「玲衣さんは寒くない？」

「ううん、平気」

「コート、貸そうか。防水性のだから、濡れても少しは暖かいと思うし」

「でも、晴人くんだって、寒いでしょう？」

「俺は平気だよ」

「本当に？」

「本当だよ。それに……玲衣さんが寒そうにしているほうが、俺にとってはつらいから」

わたしは一瞬ためらった。晴人くんだって寒いのに、甘えてしまってもいいのかな。

晴人くんは微笑んだ。

「玲衣さんの望みどおりにしていいんだよ」

どきりとする。そういえば、晴人くんの部屋に転がり込んだ最初の日も、晴人くんはコートを貸してくれようとしたっけ。

あのときは、わたしは晴人くんのことを警戒していて、借りを作りたくないなんて突き放してしまった。

でも、今は違う。

わたしは晴人くんからコートを受け取ると、それをぎゅっと抱きしめる。少し濡れているけれど、晴人くんの体温が残っていて、不思議な温かさがある。

わたしはコートを羽織って、そして、晴人くんに言う。

「なんだか……晴人くんに抱きしめられているみたいで、とっても気持ちいい」

「れ、玲衣さん……その言い方は……」

「恥ずかしい？」

「ちょっとね」

晴人くんは顔を赤くして、こくこくとうなずいた。わたしはふふっと笑う。可愛いな、と思ってしまう。

「恥ずかしがらなくてもいいのに。わたしは……晴人くんに抱きしめられるのは嬉しいもの。お昼にハグしてくれたときだって、すごく幸せだったもの」

そして、わたしは立ち止まって晴人くんを見つめた。

以前は、ただ晴人くんと一緒にいられればいいと思っていた。同じ家に住んで、恋人のフリをすることができれば幸せだった。

でも、今は違う。

わたしは、晴人くんに選ばれたい。佐々木さんや桜井（さくらい）さんじゃなくて、わたしが晴人くんの特別な存在になりたい。

だから、わたしが晴人くんを幸せにするんだ。

そうすることが、わたしの幸せにもつながると思うから。わたしは晴人くんのことが必要で、だから、晴人くんにもわたしのことを必要としてほしい。

「わたしね……負けないから。佐々木さんにも桜井さんにも、遠見家の人たちにも、他の誰にも」

佐々木さんが仮に晴人くんの本当の姉じゃないとしても、二人が両思いなのだとしても、遠慮（えんりょ）なんてしない。琴音たちが、わたしが晴人くんと一緒にいることを邪魔（じゃま）しようとするなら戦ってみせる。

もう逃げたりなんてしない。

わたしは晴人くんのそばにいるんだ。

家に帰れば、また二人での生活が始まる。そうすれば、ハグすることだって、キスすることだって、いつでもできる。これからはもっと恋人らしいことを、いっぱいするんだ。

それは、佐々木さんにも桜井さんにもできない。わたしの特権だ。

今はまだ、わたしは晴人くんと恋人のフリをしているだけだけど。

でも、いつか、わたしは晴人くんの本物の恋人になりたい。

そうなるのは、きっとあと少しのことだ。

わたしは期待に胸を膨らませた。

降りしきる雨も、少しも冷たく感じない。だって、晴人くんが一緒にいてくれるから。

あとがき

はじめまして。軽井広です。「はじめまして」ではなかったら感謝感激です。ありがとうございます。私はファンタジーやラブコメをいろいろ書いてましして、コミカライズなどもしていただいて連載中ですのでご興味あれば「軽井広」で検索ください（ちょうどこの本の発売日と同じ日に他社さんから別作品のコミックス一巻が発売されたりしています）

さて、私は銀髪碧眼の美少女が大好きで、ついでに高貴な生まれのヒロインというのが大好きです。銀髪碧眼の皇女様を弟子にして溺愛するファンタジーとかも書いてます……！

この『クールな女神様』のメインヒロインは銀髪美少女で、名家のご令嬢なので、私の好みがとっても詰まっていますね！　もちろん性格にも私の好みが詰まっているのですが、それが読者の皆様の好みでもあれば幸いです。以下、簡単な自作解説……というほどでもない小ネタです。

☆——舞台

本文では名言されていないですが、岐阜県の地方都市のどこかのイメージです。隣町の大都会とは名古屋市で、晴人や水琴さんの乗った市営地下鉄は名古屋市営地下鉄、水族館は名古屋港の水族館です。作者が名古屋出身なので、名古屋を登場させるのは趣味ですね……。

☆——水琴さんたちの読んでいる本

序盤の教室シーンで、水琴さんが『黒後家蜘蛛の会』をという本を読んでいますが、めっちゃ面白い推理小説です（水琴さんはつまらないと言っているけれど、晴人の言う通り面白い本です……！）。晴人の家の本棚にもミステリがいっぱいあります。私もミステリ好きなのですが、東西のミステリのオールタイム・ベスト二百冊を読み潰す野望は、まだ半分も達成できていません……。

最後に謝辞です。可愛く素敵なイラストを描いていただいた黒兎ゆう先生、ありがとうございました。カバーや口絵の水琴さんを拝見して、ものすごく可愛くて感動しました！　書籍化できて良かったなあと心から思います。編集のA様には、万事にわたって丁寧に意見を聞いていただき、ありがとうございました。二巻の改稿も早めにお出しできるようにしますね……！

デザインや校正、営業などでこの本に関わっていた方々にも深く感謝しています。

そして、本の形で手にとっていただいた方には本当に感謝の念に堪えません。本の形でさらに読みたい、黒兎ゆう先生の挿絵をもっと見たい、と思っていただけましたら、続きは売上次第なので、お知り合いに布教していただけると嬉しいです。あと、ＳＮＳでおすすめいただけるのもとても嬉しいです。作者がエゴサして大喜びしますのでよろしければ、お気軽にぜひぜひ！

コミカライズも予定されているので、お楽しみに！　次巻予告のとおり、ありがたいことに数ヶ月も経たないうちに二巻も出ますのでよろしくお願いします。気に入っていただけましたら、続刊のためにも、忘れず二巻もご予約か発売日付近にご購入いただけると助かります！　では、またどこかで！

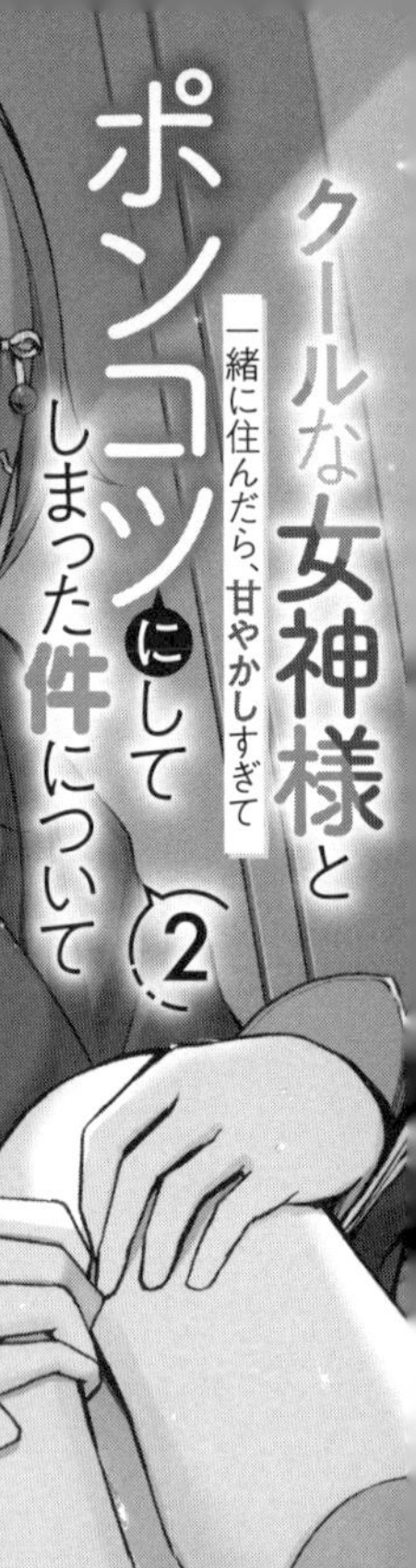

次巻予告

晴人に想いを告げ、彼との同棲生活を続けることを決意した玲衣。

晴人の告白を振った衝撃の理由を明かし、なおも彼を想い続ける夏帆。

3人を巡る関係性は、帰国した晴人の従姉・雨音の介入により急展開を迎える！

自らの気持ちに素直になった玲衣の晴人へのアプローチはますます加速し、同棲イチャラブ度が更にアップした第2巻が登場!!

2022年秋頃発売予定!!
玲衣の晴人への想いが
止まらない!?

HJ文庫 https://firecross.jp/
1027

クールな女神様と一緒に住んだら、甘やかしすぎてポンコツにしてしまった件について1

2022年8月1日　初版発行

著者──軽井 広

発行者─松下大介
発行所─株式会社ホビージャパン

〒151-0053
東京都渋谷区代々木2−15−8
電話　03(5304)7604（編集）
03(5304)9112（営業）

印刷所──大日本印刷株式会社

装丁──AFTERGLOW／株式会社エストール

Printed in Japan

ISBN978-4-7986-2889-9　C0193

ファンレター、作品のご感想
お待ちしております

〒151−0053　東京都渋谷区代々木2−15−8
(株)ホビージャパン HJ文庫編集部 気付
軽井 広 先生／黒兎ゆう 先生

アンケートは
Web上にて
受け付けております

https://questant.jp/q/hjbunko

- 一部対応していない端末があります。
- サイトへのアクセスにかかる通信費はご負担ください。
- 中学生以下の方は、保護者の了承を得てからご回答ください。
- ご回答頂けた方の中から抽選で毎月10名様に、
HJ文庫オリジナルグッズをお贈りいたします。

朝比奈さんの弁当食べたい 1

著者／羊思尚生
イラスト／U35

嬉しくて、苦しくて、切なくて、美しい。

感情表現の乏しい高校生、誠也は唐突に同じクラスの美少女・朝比奈亜梨沙に告白した。明らかな失敗作である弁当を理由にした告白に怒った彼女だったが、そこから不器用な二人の交流が始まる。不器用な二人の青春物語。